FABÍOLA SIMÕES

MELODIA DE TROVÕES

Dizem que o raio não cai duas vezes no mesmo lugar

COPYRIGHT © FARO EDITORIAL, 2024

Todos os direitos reservados.
Nenhuma parte deste livro pode ser reproduzida sob quaisquer meios existentes sem autorização por escrito do editor.

Diretor editorial PEDRO ALMEIDA
Coordenação editorial CARLA SACRATO
Assistente editorial LETÍCIA CANEVER
Revisão BÁRBARA PARENTE
Imagem de capa FARO EDITORIAL

Dados Internacionais de Catalogação na Publicação (CIP)
Jéssica de Oliveira Molinari CRB-8/9852

Simões, Fabíola
    Melodia de trovões / Fabíola Simões. —São Paulo : Faro Editorial, 2024.
    192 p.

    ISBN 978-65-5957-617-3

    1. Literatura brasileira I. Título

24-2886   CDD-B869

Índice para catálogo sistemático:
1. Literatura brasileira

1ª edição brasileira: 2024
Direitos de edição em língua portuguesa, para o Brasil, adquiridos por FARO EDITORIAL

Avenida Andrômeda, 885 — Sala 310
Alphaville — Barueri — SP — Brasil
CEP: 06473-000
www.faroeditorial.com.br

*Para todas as pessoas que já
experimentaram
a sensação de abandono pelo
menos uma vez na vida.*

*Para todas as
nossas crianças feridas.*

Para a menina do "X"

Para Alessandra

"As revoluções sempre foram o lugar
certo para a descoberta do sossego:
talvez porque nenhuma casa é segura,
talvez porque nenhum corpo é seguro"

MATILDE CAMPILHO

Cap 1

LUCY – 1984

Eu tinha as unhas fracas.
pra que unhas fortes, lixadas, esmaltadas e sem cutículas
se eu era lavadeira e passava os dias no tanque
esfregando,
ensaboando,
enxaguando?
Minhas unhas lascavam na extremidade e eu ajudava com os dentes.
— *Tira o dedo da boca* — a vó dizia.
A mãe fazia vista grossa
porque ela também roía.
Mas, diferente de mim, por ansiedade.
Os dedos ficavam no sabugo, vermelhos, com a pele do lado inflamada.
A vó não mascava as unhas, porque não tinha dentes.
A dentadura era frouxa
e ela mexia a chapa com a língua, uma cena *assombrosa*.

Mais tarde eu descobri que a gente podia ficar em carne viva não só porque come as peles em volta das unhas, mas porque alguém vai embora e rasga a gente em pedaços invisíveis que quase ninguém vê.

Eu *achava* que tinha as unhas fracas.

Depois daquele dia, porém, sempre que olhasse o courvin do sofá me lembraria com que força cravei meus dedos no tecido, com que autoridade minhas garras rasgaram o courino verde que cheirava a suor e cigarro da vó.

O chão quente ficou tingido de sangue. Nosso sangue. Pisado, suado, derramado, lambido. Escorrendo entre as pernas. Impregnando o espaço embaixo das unhas, cimentando o cabelo, cheirando a ferrugem.

Eu era uma casa no barranco, desmoronando e despejando o inquilino.

Ela bebia meu grito, resistia em meio aos escombros. Eu forçava a saída, diminuía o volume, respirava pelo umbigo, a língua seca, a represa fechada. Queria ter a fúria de uma enchente, temporal, terremoto. Mas a força vinha em ondas, me abandonava, era um vendaval cansado de soprar.

Eu era uma casa ferida, despedaçada, em ruínas. Ninguém sobreviveria nesse lar cansado, abatido, rejeitado. Desejava beber a tranquilidade, expulsar meu hóspede, ser dona e acionista majoritária do meu lar.

O deslizamento da encosta poupava o trajeto rente ao ninho de meu inquilino, e por mais força que eu fizesse, ele resistia a encontrar o buraco de saída.

O solo encharcado, a rachadura no corpo, a fenda se abrindo como um solo que se parte ao meio e divide uma cidade.

A Cidade Velha ao Norte.

A Cidade Nova — mulher no corpo de menina — ao Sul.

Oceano invadindo a fenda, ressaca do mar, ondas altas se chocando contra a pele. Ondulações fortes, rítmicas, constantes.

Gritei feito um animal ferido.

A pequena Alma chorou.

Fui invadida por

Sede

Exaustão

Medo

Solidão

Terror

E pressa. *Muitapressa.*

Preciso limpar tudo. Apagar os vestígios. Onde encontro uma tesoura?

Cortei o cordão, limpei o chão, enxuguei o suor, escrevi o bilhete, coloquei a bebê no peito. mama, mama. Embalei na toalha de banho, juntei alguns tecidos do varal, fiz uma caminha improvisada no carrinho de feira. Saí em disparada.

Era Sexta-feira da Paixão. A mãe e a vó estavam na missa das 3 da tarde, a cerimônia com o maior folheto da história das missas, ajoelhadas diante do Cristo morto. Entrei em trabalho de parto exatamente no instante do flagelo de Jesus, e agora, enquanto os fiéis repetiam: "Crucifica-o" e "Solte Barrabás", eu corria pelas ladeiras da cidade miúda com Alma no carrinho, em busca de um lugar seguro onde pudesse deixá-la.

Abandoná-la.

Cap 2

Abandono.
No aeroporto, uma mãe chora.
Dentro do carro, uma mulher se desespera.
Na noite escura, um homem balança os cubos de gelo no copo vazio.
No jogo de futebol, os olhos do menino buscam o olhar — ausente — do pai.
Na casa de repouso, uma avó tricota a solidão.
Na saída da escola, uma criança observa, um a um, os amigos irem embora.

Numa noite chuvosa, um bebê recém-nascido é deixado na soleira de uma porta.

Não há cura para o abandono e, cedo ou tarde, todos seremos abandonados.
Porém, seja pelo acaso ou destino — chame de que nome quiser — a vida encontrará meios de acertar as contas entre nossos abandonos e a existência.
A história desse livro começou há muito tempo. Para ser exata, há 40 anos. É lógico que naquela época eu não sabia narrar muito bem os fatos, era uma menina de 12 anos que pensava estar vivendo um rascunho, um ensaio para o que seria a vida real, aquela que eu imaginava estar muito distante, num lugar chamado Futuro. Eu não tinha a mínima ideia, mas a vida real — com sua

Solidão, Abandono, Porões e Mistérios — já se desenrolava bem na minha frente, e seria o alicerce para todas as experiências vindouras.

Quem começa a narrar essa história é a menina de 12 anos que fui e que ainda me habita. O olhar carregado de leveza, a facilidade com que transformava a realidade em aventura e os questionamentos inocentes frente à Vida e à Morte camuflam as angústias vividas naquele período. Se tivesse vocabulário, talvez nomeasse minha Solidão. Se colecionasse argumentos, talvez assumisse meus Medos. Não vou esmiuçar os fatos. Deixarei que ela narre, pelo menos nos primeiros capítulos, como tudo aconteceu.

Cap 3

EULÁLIA 1984

Papai é médico patologista.

Aqui na Cidade Miúda, conhecido como Olavo, **O Legista**.

Como é sua casa? — as crianças da escola me perguntam. Seu pai corta pessoas mortas, você já viu um corpo aberto? Qual o cheiro de um cérebro? Sua mãe cozinha tripas no jantar?

Eu nunca vi um corpo aberto, mas às vezes desço até o porão de nossa casa, onde funciona o laboratório de papai, e fico horas observando os frascos de vidro numerados e organizados sobre as prateleiras de cedro.

Não quero nunca imaginar que um dia uma parte do meu corpo possa parar dentro de um vidro transparente, sobre a prateleira de um laboratório. Às vezes penso que eu não deveria estar lá, que sou uma invasora, contemplando coisas que não fui convidada a contemplar. Mas daí penso que tudo isso é Ciência, e que, se Deus permite que papai estude as peças, é para que possa salvar outras vidas.

Uma vez convidei a Olívia para descer as escadas comigo. Olívia é curiosa e disse que aguentaria. Não aguentou. O cheiro forte de formol, juntamente com a visão do Inferno (ela disse isso, não eu), fez com que passasse mal. Gritei por socorro e papai trouxe água, andando calmamente, como se socorrer minha amiga fosse a coisa mais normal do mundo.

O que eu queria mostrar para Olívia eram os bebês de duas cabeças, os fetos de 12 centímetros, os embriões com más-formações. Mas antes de chegar na prateleira certa, ela foi arregalando os olhos para os frascos com fatias de pâncreas, nacos de pulmões, fragmentos de intestino, cortes de corações... e pum!!! teve que se segurar em mim para não se esborrachar no chão. Ficou branca. Suando frio. Sem voz. Quando recuperou os sentidos, inventou que tinha um trabalho da escola para terminar. "Ainda nem chegamos na parte mais legal" — eu disse, mas não adiantou. Naquele dia percebi que o cotidiano da nossa casa era muito diferente da realidade das outras casas.

Papai usa jaleco branco e se parece com o pai da Lavínia, o açougueiro da rua de baixo, usando tábuas de carne para fazer cortes finíssimos nas peças, que mais tarde vão para o microscópio. Gosto de acompanhar o movimento da faca, o corte preciso, a separação dos fragmentos com pinça, novo fatiamento até restar uma fração minúscula, que ele coloca num frasquinho contendo solução desnaturante. Depois a peça passa por coloração e outros processos, até ir para a lâmina e o microscópio.

Antes de começar a entender o trabalho de papai, eu só pensava em fazer experimentos, como se o laboratório fosse um grande circo.

Posso ver um fio do meu cabelo? e essa formiga que matei, você me deixa colocar sobre a lâmina e observar?

você já examinou uma lágrima?

a dor do homem sem perna pode ser medida pela ciência?

você não fica arrepiado de cortar o coração de alguém?

posso rezar pela alma do embrião?

Qual o nome dos bebês que foram expulsos do ventre antes de nascer? eles estão tristes? gostam de morar nos frascos de vidro? sentem falta da mãe?

E a mãe, não chora sentindo a falta deles? não quer visitá-los, cobri-los?

eles estão quietos, mas certamente conversam entre si quando a noite chega e o laboratório fica escuro, não é, papai?

Há um ano, porém, comecei a entender o que papai queria dizer quando falava que era preciso respeitar aquele ambiente. Que, apesar da minha curiosidade, ali não era lugar de *brincar*.

Entendi que o porão de nossa casa não é apenas um lugar *mágico*. É um lugar onde a Vida e a Morte se encontram, onde a Saúde e a Doença existem juntas (*coexistem*, como disse papai), onde a Dor e a Esperança têm o mesmo cheiro. Papai pode dar um diagnóstico bom ou ruim, e um dia que parece ser só mais um dia para mim, pode ser o melhor ou pior dia na vida de alguém. E isso merece *respeito*.

No laboratório, há também lixeiras de plástico com tampa. Enormes, sempre fechadas.

Gosto de abrir os reservatórios, deixando invisíveis partículas de formol — cheirando a ancestralidade e morte — *escapar*.

Sei o que me aguarda abaixo das tampas, mas, ainda assim, sempre me surpreendo ao me deparar com pernas amputadas, mãos com dedos arroxeados, úteros, fígados e seios inteiros.

De quem é essa orelha? a pessoa não escuta mais? por que as unhas dessa mão estão pretas? esse seio deu leite?

Mamãe diz que devemos orar pela alma dos mortos. Para que eles não fiquem vagando pelo purgatório, onde falta água e a língua da gente racha e queima. Lá o sangue da pessoa vira caco de vidro e sai esfolando o corpo inteiro por dentro, sem alívio algum.

Papai geralmente é paciente comigo, mas perde a paciência com mamãe. *"Para com isso, o inferno e o purgatório são aqui mesmo; você acha que Deus seria tão tirano assim, chegar ao ponto de castigar com fogo e dor se você não O obedecer? Sua mãe, hein, eu vou te contar..."*

Eu fico dividida. Quando estou em casa com mamãe, eu oro. E morro de medo do purgatório.

Aqueles bebês têm alma? e a mulher sem braço, quando ela morrer ainda terá que enfrentar o limbo da purificação? se eu me arrepender e pedir perdão todos os dias, vou para o céu? quero rezar pela mãe do Henrique...

Cap 4

EULÁLIA

Dizem que um raio não cai duas vezes
no mesmo lugar.
Mas, na aula de Ciências a professora Nancy falou:
isso não é verdade.
No Cristo Redentor, por exemplo, caem seis raios por ano
no mesmo lugar.
Então se raios — explosões de eletricidade que são puro **Mistério** —
podiam cair
no mesmo lugar,
as coisas assombrosas, admiráveis e grandiosas
também poderiam reincidir.
E uma pessoa comum
poderia passar por duas experiências sublimes, capazes de alterar o curso
da vida
INTEIRA,
no mesmo lugar.

Eu tinha 12 anos quando o primeiro raio caiu e me fez entender
que tempestades nem sempre são ruins
e que o som de um trovão muitas vezes é

uma melodia.

Daquela noite em diante eu nunca mais tive medo de temporais

nem de mudanças

e compreendi o que a professora de piano quis dizer

quando ensinou

melodia não precisa ser cantada,

mas é algo agradável ao ouvido.

Nada tinha sido bom naquele dia, mas a noite trouxe

um poema em forma de tempestade

e o primeiro raio me atingiu

no s u s t o.

Às vezes não há aviso algum.

O céu se abre

e aquilo que precisa chegar,

CHEGA.

Antes daquela noite eu tentava entender o que era

a ALMA,

mas não compreendia muito bem.

Papai era médico patologista

e o laboratório dele

era cheio de

Mistério.

Eu gostava de ver os fetos e embriões nos frascos de vidro,

mas não entendia onde andava

a ALMA

dos bebês.

Mamãe dizia que estavam no céu

e que Deus tomava conta de todas

as ALMAS.

Deus quis me dar alguma explicação naquela noite
acho que sim.
Porque de alguma forma
eu entendi
quando a *melodia*
da ALMA
me encontrou.
Antes de receber essa explicação DIVINA,
eu acreditava que os temporais
eram a ira de Deus.
E tinha medo da escuridão que tomava conta do céu

— DO NADA —

ao meio-dia ou quatro da tarde.
Ficava apreensiva com as nuvens ofendidas
que cuspiam faíscas.
Tampava meus ouvidos
para que nenhum

Susto

me atingisse quando o barulho do trovão
anunciasse a chegada do raio no chão

— DO NADA.

Não houve trovões na noite do dia 7 de abril de 1984.
Caiu uma chuva fina à tarde, mas o céu estava limpo quando o primeiro
raio me atingiu.

Eu ajudava papai no laboratório 2, que ficava no interior da faculdade de Medicina. Naquela noite, havia um tambor dentro da minha cabeça, latejando dos dois lados, perto de meus olhos.

Queria ir embora, mas havia uma pilha de lâminas para ele responder.

Preciso ir ao banheiro. De novo? *Tô apertada, vou rapidinho.*

Peguei minha lanterna

(a faculdade tinha interruptores, mas eu preferia andar com minha lanterna)

e, pela terceira vez naquela noite, fiz o caminho até o toilette.

A faculdade tinha corredores gelados e o laboratório ficava no fim da última alameda, após a sala de anatomia e o centro de histologia. Na entrada da anatomia havia um esqueleto completo, em pé, com ossos unidos por ganchos de metal.

Eu gostava de explorar os cômodos escuros da escola usando minha lanterna. Fingia ser uma garota perdida na terra dos mortos-vivos, passeando entre cadáveres que boiavam em formol. Analisava as unhas arroxeadas, os genitais pálidos, as faces indiferentes e perturbadoras. Nunca tinha ido ao cemitério, jamais tinha visto um caixão, não conhecia a aparência de um túmulo. Dentro da faculdade, porém, eu era uma arqueóloga perdida numa mina de carvão, com passagens secretas e perigos à espreita de um passo em falso. Conhecia cada aposento, sabia de cor a numeração das dependências, reconhecia as distâncias, identificava as esquinas e dominava os ambientes. Enquanto papai trabalhava na sala de patologia, eu era uma exploradora em busca de segredos, pistas, rastros, vítimas e culpados. Os cadáveres eram pessoas que haviam se perdido nos escombros há milhares de anos, como faraós embalsamados. E o esqueleto na porta da anatomia (que eu chamava de seu Luís) era o antigo guardião da mina, que fazia a ronda da madrugada quando a faculdade ficava vazia.

Antes daquela noite, eu achava que as coisas grandiosas tinham um ritual específico para acontecer.

Acreditava que batizados, formaturas, casamentos e até mesmo aniversários seguiam um curso pré-definido, em que a gente escolhia músicas, comprava roupa nova, encomendava bolo e docinhos. Não imaginava que muitas coisas chegam no susto, sem que a gente tenha tempo de dizer *sim eu aceito* ou mesmo que a gente esteja num dia bom, propício a ser surpreendido. Também não há tempo de correr na costureira e encomendar uma saia para a ocasião.

Alguns eventos nos atingem como raios.

E por mais que eu tenha a tendência de romantizar a vida, não houve nada de extraordinário naquele terceiro trajeto ao banheiro.

Porém, foi durante aquele percurso que
ouvi,
pela primeira vez,
a *melodia*
da ALMA.

Estava tudo fechado e escuro
a faculdade, os corredores, o refeitório.
As ruas, do lado de fora,
vazias.

O som foi muito nítido, limpo, claro.
Aumentou à medida em que entrei no refeitório e me aproximei da porta que dava para a rua.
Saí em disparada, fui até papai, peguei o molho de chaves no bolso de seu jaleco e
corri de volta
o mais rápido que pude.
Eu conhecia cada chave e fechadura da faculdade, não precisei de muito tempo para distinguir o metal de arco saliente com a impressão *Papaiz* coberta por adesivo azul.

Abri a primeira porta de vidro, destravei os trincos do portal de metal e, em poucos segundos, estava na calçada da rua Valadares.

No meio de um ninho feito de tecidos e toalhas cheirando a leite e amaciante de tecidos, um bebê recém-nascido chorava.

(*melodia*)

Me debrucei sobre a pequena
ALMA
com todo meu corpo
(eu era uma *nuvem*

            abraçando um raio)
e, pouco a pouco, ela se acalmou.

A Vida não pede licença
nem pergunta se você está pronto.
É como o saleiro da casa da vó Inês.
Se a gente não tomar cuidado, salga demais a comida.
Só que no caso da Vida, o sal de mais ou de menos chega pelas mãos
do acaso,
sem perguntar se você prefere desse ou daquele jeito.
Algumas vezes, o sabor está certinho, uma delícia.
De repente,
insosso.

            Outras vezes, pungentemente *salgado.*

Cap 5

EULÁLIA

Na minha cabeça, os momentos
são **MÚSICAS**
e, quando me lembro daquela noite,
não me recordo das
palavras
e sim de uma
melodia
que envolveu
nós duas:
a nuvem e o pequeno trovão.
Naquele instante,
éramos duas
ALMAS.
E só quando a mão de papai tocou
meu ombro,
é que a música
p a r o u
e eu tive a noção do que havia
aconteceu.

Junto ao bebê, encontrei
um bilhete:

*Por favor, cuidem dela. Tenho 14 anos
e não posso criar a neném. Ela nasceu
hoje 3 da tarde. Dou ela para alguém
que vai cuidar bem dela e ter condição
de criar ela. Não venham atrás de mim
não posso assumir nada. O nome dela é
ALMA. Tomara que um dia ela mim
(sic) perdoe.*

Cap 6

EULÁLIA - 1989

Às vezes a gente constrói uma casa bonita por fora e todo mundo elogia a casa.
A gente fica feliz com os elogios e passa a querer recebê-los todos os dias.
O perigo é se viciar nesses elogios e começar a viver em função deles.
De repente a casa está cada vez mais bonita por fora, agradável aos olhos de quem passa na rua, mas a pessoa que habita a casa está sozinha.
Se abandonou.
Deixou de se ouvir.
Todo mundo elogiando a casa bonita, mas o coração da casa está vazio.
Então um dia uma tempestade chega e destrói a casa todinha.
Não há mais janelas, portas, telhado...
Nenhum pilar
A pessoa que habita a casa está nua
e, finalmente, pode olhar para si mesma.
É nessa hora que a vida finalmente
COMEÇA.

Cap 7

ALMA – 1989

Aos 5 anos, Alma — a menina que nasceu na Sexta-feira da Paixão sob a lua cheia em Peixes e sol em Áries — começou a chamar a atenção quanto aos seus poderes sobrenaturais.

No início, acreditava-se que tudo era fruto da imaginação de Alminha, já que a menina dizia ver 7 pessoas onde só havia 3; tinha sonhos com gente morta; acordava gritando e suando após pesadelos em que aconteciam incêndios e acidentes de automóvel. Mais tarde, porém, ao replicar nomes e fatos sobre pessoas falecidas que não conheceu; e depois de um carro vermelho colidir com uma charrete exatamente igual ao pesadelo na semana anterior, Das Dores inquietou-se com os dons premonitórios — talvez demoníacos — da filha caçula.

Levou-a à igreja, para Padre Ezequiel benzê-la.

Venha, disse ele

se for preciso, faremos um exorcismo.

Padre Ezequiel era radical em seus posicionamentos. Admirado pelas senhoras mais tradicionais da cidade, que batiam palmas e não se intimidavam frente ao seu dedo incriminador, o sacerdote se estendia nas homilias de mais de 1 hora, nas quais costumava expor os pecadores publicamente, dando indiretas a respeito de suas confissões e causando arrepios nas almas mais puras. O sacerdote era idoso e sabia-se que tinha feito mais de 100 exorcismos.

Alminha, de mãos dadas com Das Dores, compareceu à sacristia após a missa das 7 da manhã e foi interrogada por Padre Ezequiel enquanto era aspergida com água benta.

Então você é a famosa Alma, não é?

´´´´ *água benta* ´´´´

O que é essa água que o senhor tá jogando em mim?

E você tem pesadelos, jovem Alma?

´´´´´´ *água benta* ´´´´´´

Mãe, quero ir embora, ele tá me molhando!

O que você tem sonhado ultimamente? Tem tido sonhos recorrentes?

´´´´´´ *água benta* ´´´´´´´´´

O que é recorr.....entes?

— *Fala, filha – ele quer saber se você sonha sempre.*

Eu sonho com pessoas nascendo, morrendo, chorando... com coisas acontecendo.

Mãe, a gente pode ir embora?

Hummmm... Coisas acontecendo... você sabia que sonhar com aquilo que vai acontecer é chamado de premonição? E que esse é um dom perigoso, que pode nos levar à destruição*?*

´´´´´´´´´´´ *água benta* ´´´´´´´´´´´

Mãe, eu tô com medo, vamos embora, ele tá bravo comigo.

— *Filha, fica calma, ele só quer ajudar.*

— *Ah menina Alma!!!!*

´´´´´´´´´´´´´´´´´´´´´´´´´´´*água benta* ´´´´´´´´´´´´´´´´´´´´´´´´´

Só Deus é que conhece o futuro*!!!! A Bíblia diz em Isaías 8:19: "Quando vos disserem: Consultai os que têm espíritos familiares e os feiticeiros, que chilreiam e murmuram, respondei: Acaso não consultará um povo a seu Deus? Acaso a favor dos vivos consultará os mortos?"*

´´´´´´´´´´´ *água benta* ´´´´´´´´´´´

Mãeeeee...., vamos embora? – Alma chorava, agarrada ao casaco de sua mãe, escondendo o rostinho aflito em seu cashmere.

— *E todos aqueles que* continuarem *praticando-as ficarão fora do reino dos céus (Apocalipse 22:15) e serão castigados no lago de fogo e enxofre ao final do* milênio *(Apocalipse 21:8)!!!*

´´´´´´´´´´´´´´´´´´´´´´´´´´´*água benta* ´´´´´´´´´´´´´´´´´´´´´´´´´

Descobrindo uma

brecha

em que padre Ezequiel orava de olhos fechados e Das Dores havia relaxado a tensão dos dedos em volta dos seus,

Alma se soltou da mãe
e correu o mais rápido que pôde, para fora da
sacristia.

Dona Maria das Dores, envergonhadíssima, se desculpou rapidamente com padre Ezequiel

e correu atrás da menina.

Padre Ezequiel, cuja idade avançada não permitia movimentos rápidos, ainda orava e aspergia água benta quando abriu os olhos e viu a sacristia *vazia*.

Das Dores se desculparia novamente, numa visita formal em que o presentearia com uma cesta de vinho e frios.

Porém, enrubescida pelo comportamento da filha caçula, só restava levá-la de volta para casa e orar à Santa Terezinha do menino Jesus — doutora da infância espiritual — a quem recorria nos momentos de aflição na criação de Alma.

Faria novenas e mais novenas para que o dom premonitório da criança não se desenvolvesse. Que ela pouco a pouco se tornasse uma menina *normal*, sem adivinhações, presságios e profecias.

Que assim fosse.
Amém +

*"Ao contrário da forma como o percebemos,
o tempo flui como um círculo fechado:
Passado, presente e futuro existem
simultaneamente, mas em dimensões
diferentes. As experiências que você teve há
um ou dez anos ainda são igualmente reais,
elas são apenas inacessíveis, porque agora
você está em uma parte diferente do
espaço-tempo"*

(TEORIAS DE EINSTEIN E BRADFORD SKOW)

Cap 8

EULÁLIA – 1989

Eu tinha 17 anos quando o segundo raio caiu
E me acertou como um

déjà

vu

!

Alma estava acostumada com premonições,
mas eu, *não*.
Naquele ano, ela previu
meu primeiro beijo
mesmo que eu mentisse para minhas amigas dizendo
que já tinha beijado.
Na verdade, eu tinha fama de
santinha
e ninguém na escola queria ficar com
a santinha.

Mas minha irmã, com apenas 5 anos, me disse:
eu sonhei que você beijava um menino

na boca.

Eu falei

Psiu, olha a mãe ali!

e ela não deu nem mais nenhum *pio*.

Na semana seguinte, fui a um bailinho na garagem da casa da Renata.

Tocou música lenta e o Henrique, o menino que não tinha mãe, me tirou pra dançar.

Eu pensei, o Henrique é estranho como eu, quem sabe *dá certo*.

Ele dançava distante de mim, *sem iniciativa nenhuma*.

Eu via os outros casais de rosto colado, alguns beijando

de língua

e ficava torcendo para o Henrique tomar coragem e chegar mais perto.

      A música estava acabando e ele lá, mãos na minha

                  cintura, dando

dois passinhos para um lado,

                            dois passinhos para o outro.

Minha perna estava *cansada*, eu só pensava

preciso dar meu primeiro beijo,

17 anos é muita coisa,

             que vergonha

Começou outra música, ele disse:

           Continua aqui comigo?

Achei legal da parte dele,

                    mostrou *atitude*.

Minha perna doía, mas eu não estava me importando. O Henrique era duro, não tinha molejo, a perna dele devia estar doendo também.

No meio da música, ele cochichou algo no meu ouvido. mas cochichou tão rápido e baixo que não ouvi. pedi pra ele repetir. então ele disse:

Posso te beijar?

Como assim, posso te beijar? — pensei — *a gente não pergunta uma coisa dessas, a gente vai lá, beija e pronto!*

                      Pode sim – respondi.

Então ele tocou os lábios dele nos meus e o hálito de Halls verde invadiu minha boca.

Acho que foi o primeiro beijo dele também.

Ficamos desajeitados, entortando nossas cabeças para beijar, e quando chegávamos no meio havia nossos narizes, era difícil ultrapassar os 2 narizes, então voltávamos a cabeça para o mesmo lado, meu pescoço começou a doer. Ele não tirava a boca dele da minha e eu comecei a torcer pra música acabar. Sorte que deu tempo da Jú, Fer e Cecília assistirem ao *espetáculo*. A música parou e ele foi gentil, pegou na minha mão e me levou até a rodinha das minhas amigas, elas davam gritinhos silenciosos, eu sorria por dentro.

Eu não me apaixonei pelo Henrique, mas passei a pensar nele todos os dias com

gratidão.

Tinha sido meu primeiro beijo, um *marco importante.*

Cap 9

O segundo raio não foi o beijo no Henrique,
mas uma outra coisa muito **Maior**,
que eu só teria a noção de que foi algo **Grande**
lá na frente, quando eu tivesse *40 anos*.
Porém, no momento quando aconteceu,
eu tinha *17*
e presenciei os acontecimentos como num *déjà-vu*.

Só mais tarde entendi que minha irmã havia previsto esse acontecimento também.

Alma era precoce para sua idade,
eu a considerava
um anjo.
Estava sempre dispersa, alheia ao mundo real. Tinha o temperamento tranquilo, muitas vezes apático. Na escola sofria bullying, pois não era capaz de reagir. Os meninos da pré-escola a perseguiam diariamente, com socos e pontapés, provocando uma resposta que não vinha. Alma apanhava quieta, sem revidar, gritar ou chorar. Mamãe era chamada toda semana no colégio, e por mais que conversássemos com Alminha, ela parecia não se importar. Eu

tinha a sensação de que, para ela, não valia a pena se envolver com as coisas mundanas, terrenas, temporais. Quanto menos se importava, mais os meninos ficavam loucos de raiva e as agressões continuavam. No final do ano letivo, ela mudou de escola e as surras cessaram.

Nessa época papai ainda contava com minha ajuda no laboratório da faculdade. Mesmo que eu estivesse estudando muito, me preparando para o vestibular de jornalismo, de vez em quando ia com ele para a patologia e o auxiliava nas anotações.

Algumas vezes levei Alma comigo.

Porém, mamãe não gostava que Alma descesse para o laboratório que ficava no porão de nossa casa, como eu fazia quando tinha a idade dela.

Mamãe dizia que minha irmã era

sensível

e não gostava de estimular essa *excitabilidade*.

Eu obedecia, já havia presenciado mais de uma vez o comportamento de Alminha no laboratório e era mesmo

de arrepiar.

Nas poucas vezes em que desceu, Alma ficou *em transe* frente à estante de cedro onde ficavam os frascos.

Uma vez, porém, ela olhou tão

fixamente

para os recipientes
que algo
aconteceu.
Os bebês de duas cabeças,
os embriões
e germes humanos
começaram a se
a g i t a r

~~~~~~~~

numa turbulência histérica dentro dos reservatórios,

a ponto das tampas de alguns vasilhames

se soltarem

e o formol vazar

para fora, molhando tudo.

Eu vi com meus próprios olhos.

Gritei por papai.

Ele pediu:

— *Suba com Alma!* —

e subi depressa, *desesperada*.

Mamãe explicou que eu deveria ser

discreta.

Não ficar comentando essas coisas por aí.

As pessoas são maldosas...

Entendi. Nunca expus minha irmã ou as coisas sobrenaturais que aconteciam na nossa casa e passei a dar mais atenção ao que Alminha dizia.

Ouvia e respeitava seus sonhos, movimentos que ela provocava, previsões que ela fazia, palavras que ela balbuciava enquanto dormia, medos que ela carregava.

Quando Alma dizia que um lugar não era bom de ir, eu não ia. Se falasse que alguém era *moço mau*, eu evitava. Se dizia que gostava de alguém, eu confiava.

Minha pequena vivia num mundo de encantamento e tranquilidade, mesmo que causasse tumulto à sua volta. Seu universo absurdo parecia comum a ela, nós é que nos preocupávamos e zelávamos para que nada de ruim acontecesse, principalmente quando Alminha andava pela casa sonâmbula, dormindo de olhos abertos, desafiando o mundo real com suas escadas, objetos pontiagudos e janelas.

Foi nessa época que Alma me perguntou:

— *Você tem alguma tatuagem?*

— *Não tenho. Acho feio*

— *Mas você vai ter*

— *Jura? Onde será essa tattoo?*

— *Na perna*

Achei graça no pressentimento da minha irmã e não pensei mais nisso *até o momento daquele déjà-vu.*

O segundo raio era uma perna

"Pergunto-me por que o uivar de lobos, os trovões, os raios constituem o pano de fundo para as cenas de horror. Pois, quando o medo é muito, faz-se um silêncio na alma. E nada mais existe"

(MÁRIO QUINTANA)

Cap 10

EULÁLIA – 1989

Eu ajudava papai na faculdade.

Conversávamos sobre o cursinho, universidades que eu iria prestar, filmes que iríamos alugar no fim de semana.

Ele comentava sobre a renovação da carteirinha da locadora quando me levantei e fui explorar os lixões de plástico com peças que ficavam espalhados pela patologia. Ainda não tinha perdido o costume de vasculhar os corpos, investigar as peças, transitar entre a Vida e a Morte no laboratório. Queria me formar em jornalismo investigativo e ser repórter criminal. Participaria das investigações, acompanharia os peritos, andaria lado a lado com os médicos-legistas.

Não me incomodava com o cheiro de formol que saía dos recipientes e observava atenta os cortes de cada membro amputado que boiava em solução conservante.

Eu estava habituada aos termos médicos e comentava com papai a respeito dos casos mais interessantes.

Foi num desses momentos, após abrir 2 ou 3 reservatórios, que deparei com *uma perna amputada*.

Era uma perna de homem, jovem, submetida a uma biopsia excisional do joelho para baixo. Os dedos do pé esquerdo estavam com as unhas intactas, bem cuidadas e limpas.

A perna tinha poucos pelos e uma tatuagem. Nela, o desenho de um

R

A

I

O

que devia começar na parte da perna que ficou com o homem e se estendia até o calcanhar.

Sobre o raio, uma frase *incompleta*.

Curiosa, tentei ler a frase e montar o quebra-cabeça que ela continha.

Papai colocou um par de luvas e retirou a perna do recipiente para que eu enxergasse melhor. Peguei um pedaço de papel e anotei o pensamento.

Era uma frase bíblica, dita por Jesus, e estava em Marcos 8:36:

"De que serve ao homem conquistar o mundo inteiro se perder a alma?"

O paciente se chamava Eduardo
tinha 22 anos e teve que amputar a perna
por causa de um tumor nos ossos.

Naquela noite, dormi pensando em Eduardo.

Cap 11

EULÁLIA

Eu não era mais virgem quando me casei com Patrick.
Alma era a única — além do meu noivo — que sabia.
Mamãe não podia nem imaginar
uma *coisa dessas*.
Onde já se viu, homem nenhum aceitaria se casar com uma moça
deflorada.
Patrick não foi meu primeiro homem, mas foi o segundo e, naquele momento, eu prometeria que ele seria
o último.
Meu primeiro foi Henrique, o pobre do Henrique.
Depois do nosso beijo,
ele se apaixonou por mim.
Eu não queria nada com ele, mas tinha pena porque ele era
órfão de mãe.
A irmã dele também tinha pena, e por isso foi atrás de mim algumas vezes para me convencer a dar
uma chance.
Naquela época, eu não conseguia dizer *não* para as pessoas. Preferia ficar em dívida comigo mesma a deixar alguém decepcionado comigo.

Gostava de ser uma moça *legal*.

Acho que ser

legal

era o grande objetivo da minha vida

e quando eu não era

legal

me sentia *culpada*.

Falava pra Lorena, irmã do Henrique, que ia pensar no assunto

com carinho.

Mas toda vez que me lembrava do nosso primeiro beijo,

aquele trajeto desengonçado que atravessamos juntos,

desistia.

Porém, passei a observar o Henrique mais de perto e fui percebendo suas

qualidades.

Ele não era feio

e tirava boas notas.

Acho que era

esforçado e inteligente,

uma combinação

notável.

No futuro, seria um homem dedicado e trabalhador.

Uma mistura

desejável.

Ele queria ser dentista

como o pai dele, o doutor Silvio.

Herdaria o consultório e toda clientela.

Eu estava certa de que o Henrique daria um bom marido

e mamãe ficaria *satisfeita* com minha escolha.

Fiz uma lista de prós e contras e acabei decidindo.

Chamei a Lorena e disse a ela:

vou dar uma *chance* ao Henrique.

Começamos a namorar, mas eu não sentia
nada
por ele.

Era mais um amigo, uma pessoa boa que voltava da escola comigo, muitas vezes carregando meus cadernos. A diferença é que eu tinha que beijá-lo, mas com o tempo foi ficando mais fácil.

O beijo do Henrique tinha gosto de Halls verde,
nunca vou me esquecer.

Aos poucos encontramos um *ritmo*,
as línguas se roçavam
sem bater os dentes.
A cabeça pendia para um lado
e conseguíamos transpor
nossos narizes
deixando a cabeça tombar
para o outro lado também.

Ele acariciava meus cabelos
eu mexia na nuca dele
o abraço dele era bom
me sentia
((protegida)).

Fomos nos moldando,
encontrando *compatibilidades*,
mas hoje sei que não havia química
nenhuma.

As meninas da escola falavam:
"Vou sair com fulano e molhar minha calcinha."

Eu não sabia o que significava
"molhar a calcinha".

A minha estava sempre seca, mesmo quando eu
beijava o Henrique.

Entrei na faculdade no ano seguinte e fui estudar em BH.

Henrique passou em Odontologia e foi morar em Juiz de Fora.

Nos víamos aos finais de semana, em BH ou na Cidade Miúda.

Ele ganhou um fusquinha

e a gente namorava dentro do carro, depois que voltávamos da balada.

Eu queria me casar virgem, mas o Henrique

forçava a barra.

Dizia que eu fazia jogo duro, que se fosse outro homem já tinha me largado.

Ele parecia um *polvo.*

Tentava subir minha blusa enquanto insistia em desabotoar minha calça

tudo ao mesmo tempo, *sem trégua.*

Eu achava normal a abordagem dele.

O papel dele era *insistir.*
O meu, **resistir**.

No fim do terceiro ano, a Tânia, minha melhor amiga e colega de república, me acompanhou à ginecologista e viu meu
hímen.

Parece mentira, mas o Henrique já estava com mais intimidade comigo e disse que tinha sentido com os dedos que eu não era mais virgem.

você fica aí se preservando, mas olha só, de tanto a gente brincar, você não é mais virgem não... senti com meus dedos, seu hímen já era. Não precisa ficar se guardando, já foi.

Fiquei indignadíssima e marquei horário com uma ginecologista em BH.
A Doutora Telma perguntou *qual a queixa?*

vim aqui saber se ainda sou virgem.

Ela ouviu minha história olhando
ora pra mim,

ora pra Tânia

É

isso

mesmo????

Depois que eu disse "Sim", me encaminhou para a

sala de exames.

Tire a parte de baixo e coloque esse avental, a abertura para frente.
Me troquei e fui para a maca.
Apoiei as duas pernas nas perneiras e ela pediu
licença.
Cuidadosa, separou os grandes lábios e,
— DO NADA —
deu um largo sorriso.
))）

— *Olha ele ali!*

Sorriso e mais sorriso)))))))))))

— *In-tac-to!!!*

A doutora sorria sem esconder a satisfação.
Perguntou se poderia chamar Tânia, minha amiga,
para *testemunhar.*
Autorizei.
Tânia se aproximou e viu

meu hímen **intacto**.

A doutora, mais animada que nunca, comemorou:

Fala pra esse seu namoradinho que você vai perder a virgindade quando quiser e da forma que quiser, e que se ele está com tanta pressa, que vá procurar alguém idiota como ele.

Demos risada, eu deitada, de pernas abertas para o alto e as duas em pé, felizes com meu hímen **intacto**.

6 meses depois meu hímen foi para o beleléu.

De tanto insistir, um dia falei para o Henrique: *tá bom, pode ser hoje.*

Estávamos juntos há quase 4 anos, eu achava que ia me casar com ele, que diferença faria se eu transasse naquele momento ou depois do casamento?

Então, topei e pedi:

compre preservativos.

O Henrique saiu correndo

parecia que o mundo ia acabar

voltou arfando, suado, 3 pacotes de camisinha de marcas diferentes na sacola.

Como era de se esperar,

dizer que foi

complicado

é o *mínimo.*

Era a primeira vez do Henrique também e, assim como nosso primeiro beijo, nossa primeira vez foi

decepcionante.

A Tânia tinha ido para a casa dos pais dela naquele fim de semana, e fiquei com o quarto só pra mim. O Henrique tentou ser carinhoso e cuidadoso, mas estava ansioso e com tanto medo de perder a ereção que fez uma certa força para me penetrar e se movimentou muito rápido dentro de mim, como se eu fosse uma *boneca inflável.*

Eu fiquei deitada embaixo dele, *tentando não atrapalhar,* mas senti

dor

e minhas mucosas ficaram em

carne viva

porque eu não tinha lubrificação

nenhuma.

Quando ele acabou e saiu de dentro de mim, corri para o banheiro e chorei embaixo do chuveiro.

3 meses se passaram até que tivéssemos uma
segunda vez.

Namoramos por mais dois anos, tentando nos
ajustar sexualmente, até que ele
me traiu.

O Henrique não conseguia esconder nada de mim. Por isso, quando apareceu na porta da república com as mãos nos bolsos, olhando para os sapatos, entendi que algo havia acontecido. Ele não fez rodeios nem tentou me enganar. Disse que tinha dormido com a Soraia, sua parceira de clínica no curso de Odontologia e que estava arrependido.

Não queria me perder.

Acho que não me surpreendi. Ele vivia falando dessa tal de Soraia, que ela espatulava um cimento de ionômero de vidro como ninguém, que ia se especializar em Estética e tals, e que eles poderiam montar consultório juntos. Ele faria ortodontia e o pai dele, o doutor Silvio, ia dar uma mãozinha aos dois.

Então fiquei bem tranquila e falei

"seja feliz"

Mas quando entrei e fechei a porta atrás de mim,
chorei.
O Henrique não era lá essas coisas,
mas a gente se acostuma
e sonha
com casamento,
pajens,
festa,
vestido de noiva.
Eu já tinha imaginado tudo isso ao lado dele.
Até nomes de filhos a gente tinha escolhido
e começar tudo de novo *com outra pessoa*
ia dar
uma *trabalheira danada.*

Acho que chorei muito mais por perder
minhas ilusões
do que por perder um amor.
Muito mais por perder *um amigo* do que perder um companheiro.

Um ano depois, conheci Patrick.

Cap 12

ALMA

    Após o episódio do exorcismo malsucedido, Dona Maria das Dores decidiu não tocar mais no assunto. Ficar batendo nessa tecla só deixaria a filha mais perturbada, incapaz de dominar sua mente, colocando-a num estado de agitação, sonhos e sonambulismo difíceis de controlar. Além disso, não desejava que corressem à boca solta as esquisitices da caçula. Isso poderia prejudicá-la no futuro, dificultando obter um emprego ou até mesmo arranjar um marido.

    Na escola, Alma era querida pelos amigos e classificada como *distraída* pelos professores. Suas notas eram medianas e muito frequentemente entregava uma avaliação pela metade, perdia o estojo, esquecia os cadernos ou não respondia *"presente!"* durante a chamada.

    Dona Maria das Dores a advertia: *cadê o troco? como assim, perdeu? você não voltou para pegar o dinheiro que ficou caído no chão? esqueceu o agasalho de novo? por que não comeu o lanche hoje?*

    Mas Alma parecia não pertencer a esse mundo e pouco se importava com coisas materiais.

    Em casa, adorava a companhia de Eulália. A irmã mais velha a protegia e confidenciava segredos. Apesar da grande diferença de idade, Eulália era inexperiente e confiava nos conselhos da pequena Alma.

    A menina era intuitiva e tinha o dom da premonição. Sempre que ouvia as histórias de Eulália, tinha algo assertivo para comentar ou aconselhar.

Aos 10 anos, porém, Alma entrou numa nova fase.

A puberdade precoce trouxe a agudização dos poderes sobrenaturais da pré-
-adolescente, e o que era extraordinário passou a ser brincadeira de criança.

Nesse período, Alma não apenas manteve o dom da clarividência, mas também passou a movimentar objetos, tocar instrumentos a distância, consertar relógios e acender o fogão com a força do pensamento.

Dona Maria das Dores orava pedindo a Deus que enviasse seus anjos, que a filha fosse libertada, que nada de mau se sucedesse. A comida da menina era temperada com sal grosso bento; a água, benzida; o quarto, aspergido diariamente; a cama, coberta com uma coleção de terços abençoados.

— *Deus nos dá o frio conforme o cobertor...* — dizia irmã Hildegardes, responsável por fornecer o sal e a água benta diários. — *Se Deus confiou a menina à senhora, é porque tinha que ser assim. Se a senhora apenas aceitar, sem tentar forçar ao contrário, talvez ela melhore...*

Aos poucos Das Dores se conformava, ainda que ficasse aterrorizada com o som do piano quando não havia ninguém na sala de música; apavorada com a abertura e fechamento de portas e gavetas na cozinha sem que ninguém tocasse nelas; estremeçida com o deslizar de copos e talheres sobre a mesa na hora das refeições.

Uma manhã, Alma acordou contando uma nova história.

— Mamãe, eu não sou sua filha como a Eulália. Eu sou sua filha *adotada*. Minha mãe é lavadeira, e me deu de presente pra você porque não tinha como cuidar de mim. Essa noite ela estava chorando, e me pediu perdão.

Ao ser confrontada com a narração do sonho, Das Dores teve calafrios, tremores e sudorese. Pediu o remédio de pressão acompanhado de um copo com água e açúcar, sentou-se amparada por Eulália e precisou de um tempo para digerir a surpresa.

Dona Maria Das Dores pretendia contar toda a verdade para Alma, mas gostaria que a filha tivesse no mínimo 15 anos. É claro que já tinha passado por sua cabeça que a menina poderia ter uma visão, sonho, algo semelhante, mas não esperava essa riqueza de detalhes. *Sobre a mãe biológica ser lavadeira, por exemplo, de onde ela tirou isso?*

Por sorte, naquele fim de semana Eulália estava em casa e, com muita calma, Das Dores e a filha mais velha conversaram com Alminha.

Eulália contou como a encontrou, mostrou o bilhete que a mãe biológica havia escrito, respondeu a todas as perguntas e enxugou o pranto que teimava em cair pela face de Alma.

Naquela noite, as três dormiram juntas, cada uma com um terço na mão, e Alma não teve nenhum sonho ou pesadelo.

Cap 13

EULÁLIA

No dia do meu casamento com Patrick,
Alma me disse:

— Ele será seu primeiro e último
marido,

mas não será
seu último
amor

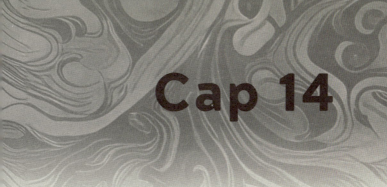

Cap 14

EULÁLIA

Patrick me pediu em casamento da maneira mais objetiva possível.
Achei melhor assim.
Ele costumava ser romântico,
mas eu não.
Acho que ele entendeu que eu preferia algo modesto,
sem tanta pompa e circunstância.
Então me convidou para jantar numa pizzaria
e, na hora da sobremesa, me entregou uma caixinha com nossas alianças.
Fiquei feliz.
O anel serviu direitinho no meu dedo
e o Petit Gâteau estava uma delícia.
Na semana seguinte, por causa das exigências de mamãe,
ele foi lá em casa e pediu minha mão para o papai.
Mera formalidade,
pois o casamento já estava certo.
Doutor Severo e Dona Pilar se davam bem com meus pais
e Patrick era um genro
exemplar.
Eu gostava de Patrick,

mas minha maior alegria era ver mamãe feliz, e ela o achava
encantador.
Aos 25 anos, eu não era um ser
desejante.
Meu prazer era
presentear mamãe.
Isso garantia que minha escolha era boa
e me poupava de decidir, ponderar, listar prós e contras.
Se fazia mamãe feliz
é porque era bom
e isso bastava.
Mamãe, ao contrário de mim,
tinha a personalidade *forte.*
Precisava estar no controle, comandando tudo à sua volta
e cuidando para que nada saísse dos trilhos.
Ela teve sorte comigo, pois até então eu tinha sido um vagão obediente,
de rodinhas ultradeslizantes, alinhadas e firmes.
Já com minha irmã Alma, a coisa não funcionou tão bem.
Alma era questionadora, não aceitava facilmente as ordens, argumentava
a respeito das regras e crenças, desafiava mamãe e colocava-a para pensar.

Eu admirava Alma. Aos 13 anos, ela me ensinava que o mundo não acaba
se a gente ousa fazer de outro jeito, tentar de outra forma, seguir por outro caminho. Ela não se preocupava em desapontar mamãe ou causar um infarto em
papai. Era autêntica e livre, desastrada e indomável.
Alma não queria ser um vagão nos trilhos, se importava mais em descobrir se iria ventar, para que pudesse voar feito pipa pelos ares.

Não sei se gostava realmente de Patrick, não pensava muito nisso.
No começo foi aquela euforia, ilusão, contentamento.
Mas assim que começamos a namorar, ele se tornou apenas...
O Patrick.

Tão previsível, honesto e óbvio.

Tão pontual, submisso e gentil.

Tão romântico, educado e calculável.

Não me *estimulava*.

A Flávia falava do Beto de uma forma totalmente *diferente*.

O Beto deixava a Flavia

fora de si.

A mesma coisa com a Tânia e o Rodrigo.

Brigavam e reatavam, discutiam e se amavam.

Havia

Vida.

O Patrick cumpria o combinado, não atrasava, não me deixava no vácuo.
Sempre lembrava datas e procurava atender às minhas expectativas.

Não me *enlouquecia*.

Na cama, também era previsível

e, mais do que isso, era

educado.

O Henrique era *afobado*, fazia tudo

correndo.

Já o Patrick era gentil e paciente,

mas

dobrava – as – roupas – antes – de – fazer – amor.

Acho que não percebi os sinais.

Cap 15

ALMA

Eu tinha 6 anos quando Eulália passou no vestibular e foi morar em BH. Me lembro do trote, um monte de gente sujando o rosto dela, quebrando ovos na cabeça, estragando a roupa com terra molhada e tesoura. Fiquei aflita, não sabia que era uma comemoração.

Depois que ela saiu de casa, senti uma
tristeza profunda
que só mais tarde compreendi
que era

      Solidão.

Mamãe e papai trabalhavam o dia inteiro, por isso eu era
delegada
a um monte de gente.
Vizinhos davam carona para a escola.
Parentes ficavam comigo até papai chegar do laboratório
e Cátia vinha dormir e me fazer companhia de vez em quando.
Eu era muito sensível e sentia quando mamãe chegava, o cheiro dela era uma mistura de perfume com café, e eu queria que aquele cheiro ficasse sempre perto de mim.

  Mas ele não ficava.

De maneira alguma quero dizer que meus pais não eram carinhosos comigo.

Mamãe me abraçava e dizia *"Eu te amo", "Deus a abençoe", "Fica com Deus", "Que o anjo da guarda te proteja", "Já fez suas orações?"*.

Papai me dava um beijo quando chegava do laboratório e dizia *"Preciso tirar o cheiro de formol do corpo"*.

Eram afetuosos, um amor de

palavras e abraços.

Eu gostava disso,

mas desejava

Presença.

Eulália não tinha dado trabalho *algum*,

mas eu

exigia um pouco mais de mamãe.

E, como ela vivia preocupada com papai,

acredito que minhas demandas *a estressavam*.

Como aquela vez em que ela me mandou ao médico com a Cátia.

Eu gostava da Cátia, mas não queria que fosse ela me levando ao médico. A Cátia não era minha mãe, não tinha cheiro de perfume com café, não dizia "Eu te amo", "Deus a abençoe", "Fica com Deus", "Que o anjo da guarda te proteja".

A Cátia era boazinha, mas era uma moça que a mamãe pagava para tomar conta de mim. A Cátia não me passava Segurança, não sabia explicar ao médico o que eu tinha, não ia segurar minha mão com Firmeza e dizer *"vai ficar tudo bem, a mamãe está aqui com você"*.

Eu não sabia que o fisioterapeuta ia pedir para eu ficar só de calcinha para ele ver minha coluna. Por isso, antes da consulta, achei boa ideia colocar um maiô. Fui só de maiô e minha roupa por cima, sem a calcinha.

A Cátia entregou a carta do ortopedista, *mas ela não sabia muito bem como explicar, ela não era minha mãe; minha mãe falava termos como Escoliose, e os médicos ficavam satisfeitos.*

Então o fisioterapeuta falou:

— Preciso que você fique *só de calcinha* para eu
examinar sua coluna.

...

(estou sem calcinha, o que eu faço agora?)

Eu era uma menina de 10 anos
sem palavras,

muda,

diante de sustos e perturbações.

Tive vergonha.

Não quis contar ao médico que estava sem calcinha, que por baixo da roupa
eu tinha colocado o maiô azul-marinho que eu gosto

(e que, quando a gente veste um maiô, não veste a calcinha).

Apenas mexi a cabeça em negativa.

Ele se agitou na cadeira

a Cátia olhou surpresa pra mim.

Eu queria contar para a Cátia o meu problema, mas o médico olhava fixo
para o meu rosto, impaciente.

Você não vai ficar *só de calcinha*?
Tem algum problema com isso?
Olha, quando atendo adultos
peço para virem de top e shortinho
ou até de biquíni.
Mas você é criança.
achei que não tinha necessidade..

...

...

...

Doutor Maurício foi me dando um sermão sem fim, não parava de falar,
eu só pensava: *Quero ir embora, cadê minha mãe?* A vergonha foi crescendo e
comecei a ter medo de movimentar as coisas, bater as portas, provocar um de-
sastre. Eu continuava muda e constrangida, e agora também com medo.

Sem que eu pudesse evitar, começou. Senti um frio súbito, como se uma corrente de ar fortíssima tivesse entrado no consultório. Em seguida as chaves no bolso da Cátia começaram a tilintar e ela rapidamente conteve o movimento, segurando-as com força. Olhou fixamente para mim e sussurrou se acalma. Então os porta-retratos tombaram sobre o receituário. Doutor Maurício achou que tinha balançado a escrivaninha com os pés, ajeitou os objetos de volta enquanto Cátia, ao ver minha respiração ofegante, me deu a mão. O carimbo deslizou sobre a mesa, Cátia viu e segurou, evitando que caísse no chão. Doutor Maurício escrevia no receituário quando a persiana de alumínio começou a bater, chamando sua atenção. *Que estranho, as janelas estão fechadas...* ele se levantou para ajeitar as lâminas e Cátia, aproveitando o momento, pediu um copo d'água. O jovem doutor sorriu para minha cuidadora e saiu da sala. Eu e Cátia finalmente ficamos sozinhas. As gavetas da escrivaninha começaram a abrir e fechar, ela segurava minhas mãos e pedia para eu respirar *com calma.*

Cátia,

eu – estou – sem – calcinha.

O copo de metal tombou, derrubando lápis e canetas.

E por que você não disse ao doutor que estava só de maiô e não podia ficar de calcinha por causa disso?

Eu tive vergonha, Cátia. Queria falar só para você, mas ele não parava de me encarar... os óculos do Doutor Maurício começaram a deslizar pela mesa.

Calma, Alma. Vamos resolver isso, eu posso falar para ele que você está só de maiô?

Pode. Mas depois a gente vai embora?

A consulta foi ruim, mas a bronca que recebi de mamãe quando cheguei em casa foi pior. Em vez de se culpar por não ter estado comigo no momento que precisei, me acusou de fraca, disse que eu não tinha voz, que precisava aprender a explicar o que se passava comigo ao invés de me fechar no meu mundo e obrigar as pessoas a adivinharem. Eulália jamais teria tido esse comportamento, sua irmã era quietinha, mas sabia se comunicar. Eulália nunca me deu trabalho, uma menina exemplar! Um absurdo você ter agido assim, lamentável... Vou intensificar minhas orações por sua cura interior, ver se Santa Mônica de Hipona, mãe de Santo Agostinho, me ajuda...

Naquela noite me tranquei no quarto e não jantei.

Eu me sentia amada, mas muitas vezes me senti

Abandonada.

Será que eu complicava tanto as coisas como mamãe dizia?

Será que ela era tão perfeita e eu, tão inadequada?

Por que éramos tão *diferentes?*

Aos 10 anos, descobri que eu era

Adotada.

Não, de forma alguma quero me colocar na

posição de vítima.

Mas isso explicou *muita coisa,*

como, por exemplo, meu cabelo era encaracolado enquanto o de Eulália e de todos da família eram lisos.

Ou como minha pele era morena, num tom bege indefinido, enquanto todas as outras peles eram claríssimas, do tipo que se avermelha e descasca na praia.

Eu adorava ver Eulália puxando a pele descascada das costas e do colo, isso dava a ela um ar *sofisticado*. Minha pele não descascava e eu não avermelhava.

Minha pele escurecia e eu me envergonhava disso,

porque me sentia destoando daquilo que eu considerava

normal.

Quando percebi que evitar o sol

me deixava mais próxima do

normal,

passei a ficar embaixo dos sombreiros e a abusar do protetor solar.

Também gastei muito condicionador achando que meu cabelo poderia ficar mais parecido ao de Eulália se eu exagerasse na quantidade de emoliente. Não conseguia ver beleza nos cachos que eu tinha, só pensava em me enquadrar naquilo que acreditava ser

normal.

Descobri que era adotada num sonho.

Meus sonhos não eram como os de todo mundo. Eu tinha visões, premonições, pesadelos. Mamãe me socorria quando eu gritava à noite, orava e ficava comigo até eu pegar no sono novamente. Por causa disso eu não gostava de dormir na casa de ninguém. Mamãe queria que eu *socializasse*, e de vez em quando me confiava aos cuidados de tia Miranda, irmã de papai e mãe dos meus primos Danilo e Daniela. No começo era bom, mas após dois dias eu sentia falta de casa e meu intestino parava de funcionar. A prisão de ventre durava uma semana e eu ficava tão cheia de gases que deixava de andar. Ficava paralisada, sem conseguir dar um passo, tamanha a dor na minha barriga. Hoje, quando tento me recordar de minhas férias em BH, só me lembro da constipação e da falta que eu sentia de mamãe.

Depois do sonho revelador, em que uma lavadeira
me entregava ainda bebê para mamãe, tudo foi
ficando mais claro para mim:

a sensação de abandono que não passava;
a falta que eu sentia de mamãe;
a minha aparência;
o meu jeito *inadequado* de ser.

Mamãe não tinha vergonha de mim, mas vivia preocupada com o que os outros iriam falar a meu respeito se soubessem de minhas excentricidades. Tinha medo de que eu fosse acusada de bruxa, maga, filha do Inominável. Ou que eu fosse explorada por pessoas de má-fé, ávidas por ganhar no jogo do bicho e nas cartas de tarô. Também não queria que eu me tornasse uma espécie de vidente, com pessoas desesperadas por saber o futuro ou se comunicar com os mortos fazendo fila na porta de nossa casa.

Porém, algumas vezes mamãe foi chamada na escola, tanto por causa da minha apatia quanto pelo meu dom de dar vida aos objetos, o que assustava professores e alunos.

Eu tentava me controlar, não causar alvoroço, mas às vezes ficava distraída e simplesmente um giz pulava da mão da professora, todo mundo ria e olhava pra mim, o que me fazia corar e provocava uma chuva de lápis e borrachas saltando de todas as carteiras, gerando comoção, gritos, choros e risadas.

Com o tempo me capacitei a usar os dons criteriosamente, a meu favor. Como naquela vez em que previ a cilada que ia ser a festa na casa da Bárbara, e não fui. Todo mundo passou mal no dia seguinte, a maionese estava estragada, a maioria foi parar no hospital. Ou quando levava agasalho na mochila e, *do nada*, esfriava. Ou mesmo quando sentia que um ambiente estava carregado, e depois comprovava que tinha sido bom não permanecer ali, pois, *do nada*, acontecia um bate-boca ou desentendimento entre pessoas que pareciam se dar bem.

O sonho com a lavadeira foi confirmado por mamãe e Eulália. Me contaram o que sabiam e pedi para ficar com o bilhete que foi encontrado comigo no dia em que fui deixada na porta da faculdade de Medicina.

Por muito tempo li e reli aquele bilhete, tentando decifrar o que havia por trás das palavras e da caligrafia. Minha mãe biológica tinha praticamente a idade de Eulália, minha irmã. No meu sonho eu não reconheci as feições dela, mas ficou nítido o fato dela trabalhar

lavando roupas.

Esse detalhe tornou-se uma obsessão para mim

nos anos seguintes.

Cap 16

EULÁLIA – 2008

A menina de tranças, na fila da farmácia, perguntou:

Mamãe, ela não sente dor? Por que está fazendo isso com o dedo dela?

Imediatamente soltei as linhas que estrangulavam a ponta do meu dedo indicador. Uma mecha de cabelo, arrancada da cabeça para servir de garrote, caiu no chão e amassei-a com a sola da minha bota, arrastando os pés até o balcão de atendimento para que não fosse notada.

Meu dedo *latejava*,
meu couro cabeludo, também.
Isso me trazia

alívio

e me conectava a mim mesma.
Era uma forma de me ouvir,
pela

dor.

Eu não percebi que estava infeliz.
Não fui capaz de reconhecer minha própria infelicidade
porque, igualmente, era incapaz de reconhecer meus *desejos*.
Meu querer primordial era *agradar*
e isso me afastou de mim.

Meus filhos nunca tinham assistido aos traumas que eu me infligia.
Sempre fui cuidadosa

com eles,

por isso a menina na fila da farmácia foi um *susto*.
O choque externo me chacoalhou.
Alma cursava Medicina e sabia da minha atração pela ferida
Disse *"procure ajuda"*.
10 anos de casada com Patrick, 2 filhos que eu amava mais que minha própria vida, o emprego com o qual sempre sonhei, por que estava infeliz?

Eu não me autorizava estar infeliz.

Não me permitia estar desconfortável com minhas escolhas.
Não parecia justo.
Aos 35 anos, ainda era dependente da aprovação de mamãe
e ela ficaria horrorizada com a simples menção sobre

infelicidade.

Mas talvez eu estivesse *enganada*.
Era só uma fase,
logo tudo ficaria bem.

Cap 17

ALMA

O Hospital tinha cheiro de álcool e formol, eu me sentia em casa. As rampas sinalizadas com faixas vermelhas, amarelas e azuis me lembravam as brincadeiras que eu inventava na infância. Enquanto as meninas da escola imitavam a Alanis Morissette, eu usava o cabo da escova de cabelo como microfone, *chamando Doutora Lindsay na emergência*. Vestia os jalecos de papai, que naquela época quase arrastavam no chão, e fingia atender minhas bonecas ou qualquer voluntário humano que estivesse disponível. Havia uma confusão de vozes e sensações na minha mente e cuidar de alguém, uma Barbie ou uma plantinha, me acalmava. Mamãe não me deixava descer até o porão, onde funcionava o laboratório de papai. Eu tinha atração pelo cheiro de formol, e Eulália uma vez me contou que lá embaixo papai colecionava bebês em potes de vidro. Muitas vezes sonhei com essas criaturas, mas não como um pesadelo, e sim como um Mistério. Eu não tinha dúvidas de que queria cursar Medicina, adorava abrir os livros pesados de papai e observar pernas enormes com elefantíase, hemangiomas faciais, dermatoses papulosas nigras, lesões em partes íntimas do corpo. No início era uma curiosidade infantil, eu gostava de causar comoção quando alguma criança da escola nos visitava; com o tempo, porém, fui me interessando por Anatomia, decorando os nomes dos ossos e músculos, aprendendo sozinha o trajeto dos nervos. Papai, percebendo meu interesse, me deu uma calota craniana de presente. Aos 14 anos, eu segurava a calota nas mãos e sabia de cor onde ficava a Asa Maior do Esfenoide, a Fossa Temporal, o Forame Mental e o Osso Lacrimal. Diziam que eu tinha um *Dom*, mas naquela época eu encarava como uma distração prazerosa. A brincadeira de explorar o corpo humano, a *Morada da Alma*, me afastava da predisposição de acender fogões ou de deslizar candelabros através da força do pensamento. Também foi primordial para diminuir a ansiedade de encontrar minha mãe biológica.

Minha obsessão passou por diversas fases; mamãe e papai nunca se opuseram. Por anos vasculhamos o centro e a periferia da Cidade Miúda em busca de informações, pistas, qualquer vestígio de uma lavadeira que deu à luz em 1985. Suspeitávamos que tinha sido uma gravidez sem testemunhas, provavelmente havia escondido a barriga por 9 meses. Nessas buscas, levávamos o bilhete, interrogávamos pessoas que se enquadravam na faixa etária dela, observávamos os traços físicos que se assemelhavam aos meus. Nunca chegamos nem perto de encontrá-la. Meus dons facilitavam a inquirição, mas infelizmente minha sensibilidade nunca apontou um caminho ou direção.

"Preciso de ajuda", foi o que Eulália me disse quando me procurou no hospital; eu estava encaminhando um paciente para a ressonância, dali a pouco ia tomar um café na cantina com a Lívia e o Sérgio; vamos nos sentar na sala dos residentes, lá a gente tem mais privacidade.

Me mostrou os dedos marcados, o couro cabeludo em carne viva. *Há quanto tempo isso acontece?* Uns 10 anos, ela respondeu.

Na parte interna da coxa, cortes cobertos com esparadrapo.

Eulália era tão controlada, tão distinta,

tão *cruel*.

A gente nunca vai conseguir se curar de Tudo.

Mas você precisa parar de agir como sua pior *inimiga*.

Minha irmã mexia a colher na xícara de café, meio círculo no sentido horário, meio círculo no sentido anti-horário. Emudecida, deixava o som do metal batendo na porcelana preencher os espaços de fala vazios.

Depois de alguns minutos, ergueu os olhos e me encarou:

Então a cura não existe?

Colocou a xícara sobre o aparador, as mãos tremiam.

— Existe, Eulalia.

Na medida em que passamos a escutar o Corpo.

— Por que sou tão cruel comigo mesma?

"Sentir raiva das pessoas é feio", mamãe dizia; você

obedecia.

"Não está doendo tanto assim", mamãe afirmava;

você assentia.

"Como você é generosa", mamãe elogiava; você

agradecia.

"É tão bom contar com você,

você nunca diz não!",

todos aplaudiam; você se ressentia.

Me faz um favor?

Você não negava; preferia lidar com a sobrecarga

a lidar com a *Culpa*.

Não são apenas 10 anos. Nas fotos de família, sempre um esparadrapo na pele, feridas que você inflige a si mesma e são consideradas *manias*. Me deixe ver suas unhas, você ainda rói, deixa no sabugo, não adianta manicure toda semana. Isso é sério, Eulália.

Eulália olhou para as unhas, o esmalte pela metade. Enxugou o suor das mãos na calça de linho, quis dizer algo, mas o choro tomou conta dos espaços.

Abracei minha irmã,

minha nuvem protetora.

Ser *exemplar* adoece.

Entre soluços, Eulália murmurou: Nunca me escutei, não sei que som tem minha própria voz, estou confusa entre o que sou e o que me tornei somente pelo desejo de agradar, me dissociei de mim mesma para ser aquilo que queriam de mim.

Quero saber como volto a respirar

Como aprendo a respirar sozinha?

Cap 18

ALMA

Durante muitos anos me senti inadequada, diferente das pessoas ao meu redor,

                Sozinha.

Porém, nunca me senti *solitária*.

A imaginação me dava a mão.

Eu tinha oito anos quando mamãe me presenteou com um caderno pequeno, disse que se chamava

diário.

A escrita me fez ir sossegando essa coisa de mexer objetos, ter sonhos premonitórios, me afetar pela energia dos ambientes e das pessoas.

A vida, para mim, era um

                espanto

e, quando aprendi a direcionar o que me maravilhava para a Arte, descobri que a Eternidade que me habitava

estava em

                Tudo

E mesmo quando sentia meus poros fechados para o mundo,
ainda havia algo que me surpreendia, como se fosse

                Mágica.

O que muitos chamam de intensidade, eu chamo de

Sensibilidade.

A maioria das pessoas sensíveis que eu conheço tem um olhar de não obviedade para o mundo, e consegue extrair encantamento a partir do que é ordinário.

Às vezes a sensibilidade dói, incomoda, inquieta. Quero fechar meus olhos e dormir

até a dor cessar.

Outras vezes, porém, me deixo conectar com a Dor,

pois ela é o terreno da semeadura.

Não tem como viver sempre em *fuga* da dor.
Ela nos lembra que estamos

Vivos.

A dor não é o Fim.
Ela é apenas uma

Vírgula

no meio da nossa história.

,

Cap 19

EULÁLIA

Quando eu era menina, adorava passar minhas férias na casa da Vó Inês.
Ela e vô Álvaro moravam no sítio, onde me sentia
um *bicho livre*.
Hoje, quando fecho os olhos, me lembro
do cheiro da chuva e da gordura com canela;
experimentos com caramujos;
girinos se transformando em sapos;
argila moldando panelas de barro;
Grito Forte de Vovô chamando o gado no fim do dia;
bicho de goiaba;
esfolado na perna;
Nelson Gonçalves na vitrola;
fogueira crepitando.

Vó Inês lavava as roupas no tanque de cimento
e eu gostava de brincar entre os lençóis pendurados no varal.
O sol batia nas peças cheirando a sabão em pedra
enquanto o vento balançava

a corda.

O tecido em movimento criava obstáculos

à *luz*
e minha *sombra*

                                              dançava

nos panos da Vovó.
Eu era uma espiã do governo russo
e aquela penumbra era meu *eu* duplicado.
Interagia comigo mesma
numa dança

                    Mágica

                                    e Espantosa.

Vivia alheia à passagem do Tempo.

            Inocente de que a Eternidade nos rondava.

            Eu tinha onze anos quando vó Inês morreu.

Me recordo
do *choro* de mamãe ao telefone
quando soube da *Notícia*.
Ver nossos pais chorarem é algo para o qual não estamos preparados
sempre imaginamos que são muito *diferentes* de nós.
    Perder vovó foi perder cantoria no tanque, orvalho, argila, canela, medo
de abelha, labirinto de lençóis.
    Também foi perder

            um pedaço de *mim* e de minha infância.

Mamãe me contou que na juventude vovó foi *lavadeira*.
Assim como minha *bisavó*.

Vó Inês dizia que as roupas carregavam *histórias*.

Que nem sempre o que as pessoas aparentavam por fora, representava o que eram no

Íntimo.

E que ser lavadeira era ser guardiã de

Segredos.

Quantas vezes ela esfregou colarinhos manchados de batom, e deixou quarar por dias no sol para clarear, sem dizer um pio para a patroa; ou sentiu a energia pesada de uma peça ao tocá-la ou sentir seu cheiro? A bisa costumava colocar essas últimas para ferver, e acrescentava junto umas pedrinhas de Sal Grosso. Foi assim que aprendeu com sua mãe, e assim que ensinou a vovó.

Sem vovó, meu mundo ficou menor.

No piano eu dedilhava um lamento triste.
Vovó era uma das minhas *Melodias* preferidas
e, sem ela, minha *Alma* chorou.

Quando penso em Destino,
fico em dúvida se ele existe.
Talvez tenha existido para Jesus.
Estava escrito
e se cumpriu.
Mas na vida da gente, tão comum *e violável*, será que há
um lugar *inevitável*?

ou o Livre-Arbítrio é mais Forte
e nosso caminho é *livre*, com todos os Assombros e
possibilidades *infinitas*?

Quando encontrei Alma na porta da faculdade naquela noite em 1985, fazia um ano que vovó havia partido. Durante muito tempo acreditei que Alma era a Melodia de vovó me visitando; o Canto da mulher que me fazia tanta falta para sempre junto de mim.

Quando Alma descobriu que era adotada e afirmou que sua mãe era *lavadeira*, tive

Certeza.

Não sei se isso é o Destino, mas há coisas que

cruzam o nosso caminho e a gente pensa:

está vindo,

está sumindo,

está voltando,

recomeçando,

aparecendo,

desaparecendo,

reaparecendo...

Então eu penso: O que isso quer me dizer? Por que isso está vindo sempre na minha direção? O que faço com isso?

Foi assim com Alma. O encontro que tivemos; a facilidade com que meus pais conseguiram a guarda da recém-nascida; a naturalidade com que ela entrou para nossa família, como se já fizesse parte dela, como se algo Divino nos dissesse:

Tinha que ser.

A mesma coisa se deu quando conheci Neto.

78

"Em volta do fogo sempre se contaram boas histórias. Basta que a labareda se levante para que o rol de narrativas comece a desenovelar-se. Mesmo sem palavras, o crepitar do lume já é só por si um contador de histórias. Imagine-se uma fogueira a arder sozinha, no mato, sem nenhum ser humano por testemunha: aquele ruído da madeira a queimar lenta, com os seus estalidos particulares, contém um dialeto específico, uma conversa, um linguajar antigo que vai contando as coisas devagar"

(MATILDE CAMPILHO)

Cap 20

ALMA – 2018

Quando eu era pequena, gostava de ficar ao lado do piano ouvindo Eulália tocar Noturno, de *Chopin*.

Quando o dedilhado alcançava aquele trecho rápido,

que subia uma oitava

                                        e de repente descia,

sentia minha respiração mudar,

como se a música abrisse uma porta

e eu pudesse atravessar para o outro lado

enxergando coisas que eu não via antes.

A melodia levava minha atenção para

                    a dor

                e para a *cura* da dor.

As pessoas têm medo

da *vulnerabilidade*.

Evitam olhar para dentro

fogem do silêncio

apagam as fogueiras que querem

crepitar

no peito.

Se distraem o tempo inteiro, não conseguem parar.

O silêncio é uma decisão.
(você tem que fazer uma escolha por ele)

Assim como as pausas.
Tem que parar e dizer
"hoje vou ficar quieto".
A casa pode esperar, o trabalho pode esperar, a série que estou assistindo
pode esperar.
Se você não fizer essa pausa,
a Vida faz por você.

Eu também gostava do fogo.
Ficava horas
encarando *a chama*
das velas que mamãe acendia para a Virgem.

A chama *dançava*
uma coreografia extraordinária
que fazia meu olhar ganhar *lentidão e duplicidade.*
Eu atravessava muros,
rompia limites
e não ficava ofegante
— muito pelo contrário —
aquilo me acalmava.
No inverno de 2018, viajei com amigos para a Serra da Mantiqueira. Alu-
gamos uma casa no Airbnb e à noite fazíamos uma fogueira enquanto bebía-
mos vinho e contávamos causos. Atravessávamos madrugadas nessa rotina
deliciosa, envoltos em cobertores, distraídos de nossa rotina no hospital, completamente enquadrados na paisagem.
Nunca omiti minha origem, o fato de ser adotada, o acontecimento extraordinário de ter sido encontrada por minha irmã na porta da faculdade de
Medicina. Porém, também não ficava atirando minha história aos quatro ven-
tos, desnecessariamente.

Em nossa terceira noite, senti-me à vontade para falar. Meus amigos acompanharam em silêncio, engolindo maiores quantidades de Cabernet. O som da bebida enchendo as taças acompanhou-me.

Que história surpreendente, isso explica muita coisa; seus pais são incríveis; sua irmã te adora; que coincidência estudar na faculdade que foi seu berço; como assim, você não deve ter procurado direito; sua mãe deve querer saber de você também, não é possível, numa cidade pequena como a nossa; Lavadeira? Sério? Você sabe que elas têm um sindicato, né?

Sim, fui atrás, vasculhei tudo, ninguém sabe de nada, mas acredito que um dia nossos caminhos ainda vão se cruzar; sim, minha irmã é tudo na minha vida; meus pais são maravilhosos; amo ter estudado na faculdade onde papai trabalhou; fui ao sindicato há muitos anos...

A gente te ajuda, no hospital há um arquivo...

— Peraí.
.
— Alma!
.

Glauco deu um grito, interrompeu as falas, os discursos conflitantes, a sangria do momento.

A fogueira ardeu na noite escura.

— Você disse que ela tinha 14 anos quando teve você? Então hoje ela teria... 47 anos, certo?

— Sim, acho que é isso

— Eu tive uma paciente há uns 3 anos, câncer de mama, disse que amamentou uma única vez, quando a filha nasceu. Contou que teve que dar a filha para adoção, era muito nova quando teve a bebê e não podia cuidar dela. Essa história me marcou, eu vi a tristeza no olhar daquela senhora. Ela achava que merecia o câncer, se punia por ter abandonado a bebê. Agora está em remissão, a cada seis meses passa em consultas comigo para acompanhamento. Pode ser ela, Alma! Se não me falha a memória, o nome da paciente é Lucy. Você não deve tê-la encontrado porque há muito tempo deixou de ser lavadeira. Trabalha como cozinheira no Restaurante do Lago e faz uns bicos como cartomante. Parece que tem uns dons, clarividência ou coisa do tipo, já fez até tiragem de tarô para mim, foi impressionante!

Enquanto Glauco falava, meu corpo ardia.

Queimava como labaredas.

Passamos mais dois dias na Serra. Quando retornamos, decidi procurar Lucy.

"ínfimas alterações atmosféricas, como as causadas pelo bater das asas de uma borboleta, poderiam ter um grande efeito nos subsequentes padrões atmosféricos globais. Essa noção pode parecer absurda - é equivalente à ideia de que a xícara de café que você tomou de manhã poderia levar a alterações profundas em sua vida. No entanto, isso é efetivamente o que acontece - por exemplo, se o tempo gasto tomando a bebida fizer com que você cruze o caminho de sua futura mulher na estação de metrô, ou evitar que você seja atropelado por um carro que atravessou um sinal vermelho."

(LEONARD MLODINOW)

Cap 21

EULÁLIA - 2018

A gente nunca sabe
quando a vida está prestes a mudar para *sempre*.
Você acorda num dia comum
sem saber que logo ali na frente algo muito Grande está para acontecer,
ou toma uma decisão,
que parece ser só mais uma entre tantas,
e essa atitude altera o curso de sua história
de forma Definitiva.

Meu pai acordou gripado naquela segunda-feira, início de janeiro. Me lembro do telefonema: *filha, você pode me substituir? O trabalho é simples, você está acostumada; a única diferença é que vai ter que passar na funerária antes, pegar o Atestado de Óbito que mandaram por engano para lá, o pessoal já está sabendo. Daí é só levar o papel no necrotério e eles liberam o corpo. Você faz isso por mim? Obrigado, filha.*

Hoje penso: e se meu pai não estivesse gripado naquela manhã?

E se o Atestado de Óbito não fosse encaminhado por engano à funerária?

E se eu estivesse ocupada, com outros compromissos aquele dia?

Uma série de pequenos acontecimentos — eventos mínimos — me levaram à funerária naquela segunda-feira. Por quê? Havia um propósito? Ou tudo não passou de casualidade, uma mera sucessão de imprevistos?

Isso martelou na minha cabeça nos dias seguintes, como se existisse

Vida que a gente escolhe

e Vida que escolhe a gente.

A Casa Funerária Novo Amanhecer funcionava num Casarão Centenário tombado pelo Patrimônio Histórico no centro da Cidade Miúda. Eu já havia passado por lá inúmeras vezes, mas sempre me benzia e seguia reto. Conhecia vagamente a história do lugar, uma empresa familiar passada de geração a geração há mais de cem anos. O proprietário era Seu Eduardo, um homem discreto, viúvo, pai de dois filhos, herdeiro do estabelecimento que funcionava não apenas como fornecedor de urnas e caixões, mas que também prestava um serviço personalizado organizando velórios, sepultamentos, cremações, transporte terrestre e aéreo, ornamentações e preparação do corpo. Vestiam, maquiavam e reconstruíam os cadáveres para o funeral. O método de reconstrução era semelhante a uma plástica, devolvendo ao defunto orelhas decepadas, pernas amputadas, fragmentos de tecido perdidos. Até mesmo casos graves que exigiam caixão fechado poderiam ser submetidos ao processo de tanatopraxia — reconstrução e embalsamento — se assim a família desejasse.

Quando toquei a campainha, um dos filhos atendeu. Foi muito solícito e simpático, me entregou o documento e fez vários elogios a papai. Disse que tinha curiosidade de me conhecer, o que me deixou lisonjeada. Emendou perguntando se eu participaria do VII Congresso de Funerárias na próxima semana. Ele seria um dos palestrantes, eu também. Estou nervosa, é minha primeira vez como palestrante. Não se preocupe, você domina bem o assunto, só tem que ficar calma; vai falar sobre a profissão de necropapiloscopista, não é? Você é a número 1 no Brasil! Enrubesci. Ah, não exagera, mas você tem razão, falar sobre isso me fascina, desde criança. E você? Qual o tema? Vou falar sobre como acolher a família enlutada de forma simples; meu irmão falará sobre os planos funerários de "A" a "Z". Legal, nos vemos em São Paulo então! Você é o...

Neto. Pode me chamar de Neto.

Cap 22

Me lembro do dia em que ouvi papai dizer, quando ainda era menina:
Existe algo muito precioso na ponta de nossos dedos.
Se um dia você quiser fugir, mudar de país, trocar de nome, fazer plásticas, alterar o comprimento e a cor do seu cabelo,
há algo que é *só seu*
e poderia *entregá-la* facilmente.
Se um dia você desejar ser esquecida, confundida com outra pessoa, apagada da lembrança de alguém,
há algo que a distingue dos demais
e poderia *revelá-la* tranquilamente.
Mesmo que sejamos semelhantes em muitos aspectos, essa marca é individual e exclusiva.
Você a recebeu de presente quando nasceu, e ela irá embora com você, *inalterada,* quando morrer.
Mesmo que você envelheça,
essa marca não irá se modificar.
Mesmo que você se apaixone,
essa marca permanecerá constante.
Mesmo que você fique triste, tenha decepções, sofra perdas,
essa marca continuará imutável.
Olhe agora para a ponta de seus dedos.

Está vendo esse traçado? Não?

Coloque aqui, na almofada do meu carimbo.

Papai apertou meu dedão com força no carimbo. Em seguida, pressionou contra uma folha de papel.

Está vendo agora?

Esta é sua **Impressão Digital**.

Agora você enxerga o traçado, os riscos e linhas?
Esta é sua Marca.

Ninguém no Universo tem uma marca igual a sua.

Fiquei perplexa. Olhei minhas digitais; depois, as de papai, e mais tarde fiquei obcecada em olhar as digitais de todos que cruzavam meu caminho.

Me sentava no colo de meus avós e olhava o traçado, as ranhuras, os formatos. Pintava meus dedos de guache e carimbava-os no sulfite. Sabia de cor o trajeto de minhas linhas, era fascinada pelo riscado da ponta de meus dedos.

Também passei a observar as digitais dos membros amputados que boiavam em formol e dos cadáveres que dormiam na faculdade de medicina.

Aos 45 anos, além de repórter investigativa, eu também era conhecida como uma das melhores necropapiloscopistas do país. Me dedicava à identificação de pessoas falecidas por meio da análise das impressões digitais e ajudava na investigação de pessoas desaparecidas. Trabalhava colaborando com a polícia, médicos-legistas e investigadores criminais. Identificava corpos encontrados em acidentes, catástrofes naturais, homicídios ou suicídios.

Quando Clara e Francisco, meus filhos, entraram na faculdade, aumentei minha carga horária e passei a colaborar no Necrotério, na Faculdade de Medicina e no Distrito Policial.

A vida é um **Mistério** que devemos

respeitar.

Eu sempre tive a noção disso, desde a infância,

encarando aqueles bebês

nos potes de vidro

acompanhando papai no trabalho

olhando a Morte de perto.

Porém, às vezes a gente acha que já viu

de tudo,

mas daí vem a Vida e diz:

Calma, ainda tem mais coisa pra ver e viver.

E você achou mesmo que algumas pílulas para ansiedade

dariam conta de tudo?

vem cá que eu te mostro o que é

desconstrução.

Aproveite a oportunidade.

Chegou a hora de *crescer*.

Cap 23

ALMA

Eu odiava o adjetivo

           Parda.

Me remetia a algo sem cor,

sem atitude,

sem existência,

           sem Vida.

Mil vezes ser classificada como:

preta, marrom, bege escura, bege clara, amarela, branca —

a parda: intermediária, indefinida, em banho-maria.

Eu podia ser tudo, menos *morna*.

Na escola, por muito tempo fui classificada como *mediana* pelos professores.

Me comparavam à Eulália, me rotulavam como *fraca*.

Mamãe não ajudava. Nunca soube lidar comigo. Dizia que meu cabelo dava trabalho, melhor cortar. Ela mesma cortava, ficava torto, eu detestava. Eulália chegava no fim de semana e ralhava. Coitada da Alma, mãe! Por que foi cortar desse jeito? Vem cá, Alminha, vamos comprar uns brincos, vão ficar bonitos, cabelo cresce e a gente faz uns penteados novos.

Eu amava Eulália

como se ela fosse minha segunda

ou terceira

mãe.

Lucy era bege clara, assim como eu.

Cabelos ondulados, fios grisalhos fora do coque por desobediência e rebeldia.

Através do vidro fumê do carro, eu a observava. A cozinha do restaurante tinha um vitrô perto do fogão.

Atrás do vitrô,
no meio da cortina de vapor,
minha MÃE cozinhava.

Eu tentava relaxar meus maxilares,
mas a
tensão
se acumulava
na nuca e ombros.
Meu cabelo castanho-escuro,
relevo ora montanhoso ora depressivo,
saliências marcadas e permitidas,
preso num coque alto.
Minha pele,
matiz bege intercalada a marrom-dourado,
assumida em sua melhor versão,
na regata de algodão.

Eu, *mestiça*,
filha de mãe lavadeira, taróloga, cozinheira,
pedagoga, professora, jornalista, papiloscopista.
Como me apresentaria?
Ela me reconheceria?
Lembraria do nome, assim, tão raro,
Alma?

Encontraria nossas semelhanças físicas?
Teria premonições?
Me aceitaria?

Sou Alma, sua filha.
Mestiça, forte, intuitiva.
Intensa, sensível, empática.
Áries com lua em peixes:
Enérgica, determinada, criativa.
Sonhadora, idealista, imaginativa.
Impulsiva, emotiva, corajosa.

Ia almoçar frango com quiabo.

Depois da sobremesa, pediria para conhecer a
cozinha.

Cap 24

EULÁLIA

Toda vez que viajava sozinha, de avião, ligava para Patrick instantes antes da decolagem e minutos após a aterrisagem.

Ele era meu 190,

a pessoa que me dava Segurança e minimizava meus Medos.

Eu tinha medo:

da possibilidade de qualquer coisa ruim atingir meus filhos.

marimbondos,

dentista,

falta de dinheiro,

tempestades,

turbulência de avião.

Não era mentira,

já que esses eram os medos

visíveis

sobre os quais eu falava

na terapia.

O que eu não revelava

era a parte que eu guardava

no fundo de mim.

Tão fundo que nem eu alcançava.

Tão escondido, fechado, escuro e empoeirado que nem eu sabia como acessar.

As dores que infligia a mim mesma, os machucados que provocava na pele, os cabelos arrancados e cortes na parte interna das coxas,

que caminhos apontavam?

Meu corpo era um mapa de muitas pistas,

mas eu não sabia decifrá-lo.

Quando tragédias acontecem, nossas casas são levadas pelos ares.

Ficamos sem teto e chão.

Lamentamos a morte do corpo, a perda das paredes, a desconstrução do assoalho.

Perder o telhado pode ser uma brecha.

Um rompimento com o colarinho apertado, o cabelo alinhado, o cinto afivelado.

Que desconstrução seria necessária para eu perder o medo de me despir?

Que desordem eu precisaria enfrentar até descobrir que meu maior medo era assumir

meus desejos

e correr o risco de não ser amada, principalmente por mamãe?

No decorrer dos 4 dias que passei em São Paulo, uma turbulência me atravessou.

A vida que eu conhecia ficou numa margem

e a vida que eu estava destinada a viver me *alcançou*.

O segundo raio era uma perna.

Uma perna amputada, com uma tatuagem

incompleta.

Cap 25

Existe livre-arbítrio?
Ou existe apenas o que podíamos escolher, naquela circunstância?

Eu sempre discordei do discurso:
"a gente não escolhe por quem se apaixona".
Claro que a gente escolhe! Então vou andar na rua um dia, dar uns trocados na porta da padaria para um mendigo e... bum, me apaixono por ele? Isso não existe, a gente escolhe quem vai amar, sim. Escolhe uma pessoa de bom caráter, trabalhadora, honesta, que tenha os mesmos valores que os nossos... e constrói uma vida em comum.
Era isso o que eu entendia sobre o Amor...

Nos 4 dias que passei em São Paulo, me apaixonei por Neto.

Não houve nenhum toque de mãos.
Nenhum beijo.
Nada além da troca de olhares e de uma declaração feita por ele, no elevador, na última noite.

— *Eu sei que você está sentindo isso também, me diz que não estou ficando louco.*

Ele não estava ficando louco, eu estava sentindo também.

Mas o que ele esperava que eu fizesse? Que dissesse sim meu amor, estou sentindo, vou largar meu marido, meus filhos, minha vida e ficar com você, nunca senti isso antes, minha boca está seca, minhas pernas estão bambas, meu coração está descompassado...

Entrei em D E S E S P E R O.

Você ficou louco? Que tipo de liberdade eu te dei para você acreditar numa coisa dessas? Você está confundindo as coisas, meu casamento é perfeito, meu marido é perfeito, minha vida é perfeita.

Falava para ele

ao mesmo tempo

em que falava

para mim.

Saí do elevador como um cometa.

Fechei a porta do meu quarto e liguei para Patrick.

Ouvir sua voz

me acalmou.

Minha vida não ia ser abalada por *nada nem
ninguém.*

Cap 26

ALMA

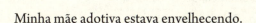

Minha mãe adotiva estava envelhecendo.
Parecia
mais frágil
a cada dia.
As órbitas em volta dos olhos,
profundas.
As veias no dorso da mão,
salientes.
Eu a percebia
se *transformando*,
o tempo passando mais rápido *para ela*.
Quando visitava *nossa* casa,
era sempre uma surpresa.
A casa onde vivi minha vida inteira
parecia _{menor}
e minha mãe,
_{menos} ameaçadora.
Por muito tempo enxerguei
              a casa e a mãe
            ENORMES.

Havia sempre a sensação de abandono,
mesmo com paredes fortes me envolvendo
e estruturas firmes me apoiando.
Demorei a perceber
que eu tinha tanto medo

de ser *abandonada*,

que eu abandonava *antes*.

— Filha, fiz café
— Estou de saída, mãe, fica pra outro dia.

Vivia em fuga, porque *deixar*
era menos doloroso que *ser deixada*.

Na tarde em que procurei Lucy,
programei uma rota de fuga caso a abordagem não desse certo.

Eulália estava comigo no restaurante.
Escolhemos uma mesa ao fundo.
Pedimos um drink
e fingi não criar expectativas.
Eulália me conhecia de cor,
mas foi educada disfarçando não perceber que eu fingia.
A comida não descia.
Toda vez que eu ficava ansiosa
ou triste

era assim.

Simplesmente
não comia.
Emagreci 4 quilos quando terminei com Rodrigo,
meu terceiro e último namorado,

minha terceira e última *fuga*.

Quando o garçom veio recolher nossos pratos e ofereceu o cafezinho, minha irmã perguntou se podíamos conhecer a cozinha.

— Claro, o maître irá acompanhar vocês.

Fitei o vaso de flores da mesa em frente.
Eram flores naturais, pequenas.
Uma pétala se soltou enquanto eu olhava.
O vento soprou, ela tentou resistir, mas foi arrastada.
A Vida pode ser mais forte que a gente,
eu pensava, quando o maître chegou

Eulália me deu a mão.
Aceitei a proteção
me sentia mais forte quando ela estava por perto.
Se as pessoas pudessem ler umas às outras
seria mais fácil?
Ou é melhor assim,
cada um escolhe o que decide mostrar
e nos relacionamos com a parte da pessoa que está à mostra
e não com a pessoa toda?

Quando entramos na cozinha
e vi Lucy pela primeira vez,
ela estava de costas, barriga na pia
esfregando uma panela com palha de aço

Senti minha mãe miúda,
magra,
vulnerável,
como se um vento
pudesse arrastá-la.

Parecia que **ela** tinha sido abandonada,

não eu.

Estava indefesa.

Tive

pena.

O maître nos mostrou a cozinha e apresentou os funcionários.

Lucy se enxugou no avental e nos cumprimentou com um aperto de mãos.

As mãos dela eram frias, pequenas e magras.

Elogiamos o frango com quiabo, ela agradeceu,

tampando a boca com as mãos.

Deduzi

que não tinha bons dentes.

Tive vontade de abraçá-la.

meu instinto de autopreservação me segurou.

Nos despedimos e sinalizei para Eulália que queria ir embora.

Lá fora, uma dor aguda tomou conta de meu maxilar. Um canal maltratado no segundo molar superior necessitava de retratamento. Eu já tinha feito as radiografias, a dentista queria que eu cuidasse do bendito com urgência. É um foco de infecção, Alma, qualquer hora sua resistência cai e o problema agudiza. Vai doer, pode inchar, vamos marcar. A vida pede outras urgências, não é? Fui deixando pra lá, e agora, justo agora,

a Dor

lancinante, profunda. Enraizada em mim.

Preciso ir na Doutora Geni. Será que ela atende urgência no domingo? Você vai comigo, Eulália, pode me levar lá agora? que dor, meu Deus, que dor...

Eulália me abraçou.

Desabei.

No fundo acreditei que ela me reconheceria.

Que os dons premonitórios que ela tinha

seriam suficientes para nos aproximar

sem a necessidade de palavras,

teatro,

encenação.

Calma, minha irmã.... você toma um analgésico, antibiótico, não é hora de ir atrás da dentista. Ela me rejeitou, não foi? De novo me abandonou, eu sabia, eu sabia, que dor de dente, acho que está inchando. Não aconteceu nada disso, ela só não te reconheceu, como saberia que era você? Não se desespere, por favor, vai ficar tudo bem. Pra ela é só mais um dia comum de trabalho, não ter te reconhecido não significa que ela te rejeitou. Meu dente está doendo muito, eu devia ter ouvido a doutora Geni, me leva na farmácia?

Sim, vamos na farmácia,

mas tente se acalmar.

Não pira, por favor.

"Aquilo a que você resiste, persiste"

(CARL GUSTAV JUNG)

Cap 27

EULÁLIA

Falei para Alma:
A vida de cada pessoa é repleta de coincidências
Minha irmã respondeu:

Quando a coincidência é *significativa*,
a ponto de modificar a existência de alguém,
é chamada
Sincronicidade.

Então tinha sido uma *Sincronicidade* conhecer Neto e me apaixonar por ele.

Neto, que no primeiro dia de Congresso eu descobri, olhando no crachá, se chamava Eduardo.

— *Meu avô é Eduardo, meu pai também.*

Neto, que ao subir e descer do palco, se apoiou no corrimão de forma firme.

Neto, que durante a palestra sobre "A família enlutada" falou para uma plateia lotada sobre

o Câncer

que enfrentou na adolescência
e como isso afetou a família *inteira*.

Neto, que naqueles 60 minutos de conferência me fez voltar

30 anos

no tempo

e rever

meu pai levantando a perna amputada para que eu lesse a tattoo.

A rapidez com que anotei a frase num pedaço de papel;

a busca pelo nome do paciente nos arquivos;

a noite que passei em claro

                pensando em Eduardo, o dono da perna.

Um câncer na tíbia, aos 16 anos, descoberto após uma lesão no futebol.

4 anos de tratamentos sem sucesso até optarem pela amputação.

Eu precisava contar a ele

que não éramos completos desconhecidos.

Precisava dizer que,

há 30 anos, a frase

"Que adianta ao homem conquistar o mundo inteiro se perder a alma"

não saía de meus pensamentos

e que, dentro de mim, havia uma sensação de

                                                déjà-vu

toda vez que pensava naquela noite no laboratório

como se passado, presente e futuro fossem

uma coisa só

percorrendo um círculo,

se repetindo

                                        infinitamente.

                          De onde vem a eletricidade

que atravessa nosso corpo

quando nos apaixonamos?

Uma vez eu li:

                                "A matéria *não existe*

tudo o que existe é *energia*."

Somos feitos de
átomos, prótons, elétrons
em constante
vibração.

Vibração produz cor e *som*.

Assim, o Universo seria
uma grande

Sinfonia.

Será que na paixão essas partículas se agitariam

mais

e poderiam produzir

música

dentro da gente?

Acho que sim, pois pela *primeira vez*,
em 45 anos,
eu me sentia
despertando,
como se fizesse *parte* da melodia do Universo.

Eduardo se aproximava de mim
e a frequência energética dele parecia ser o acorde perfeito
à música que tocava dentro de mim.

Descobrir que Neto era o dono da perna amputada foi como me sentir
parte de uma brincadeira de mau gosto do Universo.

Por que a vida tinha que ser tão complicada?

Por que eu estava sentindo isso *agora*
e não quando conheci Patrick?

Por que eu experimentava essas sensações
nessa altura da vida
e não quando namorei Henrique?
Por que meu corpo inteiro respondia à presença de Neto
mesmo que eu evitasse sentir?
Por que eu ficava sem graça, desastrada e tímida
quando ele se aproximava
e por que tinha a sensação de familiaridade ao notar
aqueles olhos castanhos em mim?

Ele desceu do palco e ocupou seu lugar ao meu lado.
Eu estava trêmula.
Não consegui elogiar a palestra, não fui capaz de aplaudir.
Ele notou que eu estava *diferente*.

Neto, você acredita em destino?

*"Coragem e covardia são um jogo
que se joga a cada instante"*

(CLARICE LISPECTOR)

Cap 28

ALMA

Quando eu era pequena, não suportava a brincadeira
de construir castelos com cartas de baralho.
A iminente possibilidade de a torre
desabar
me angustiava.
Eu preferia destruir tudo
antes que um vento bobo
derrubasse meu reinado.
— *Alma!!!!!* —
gritava Eulália quando eu chegava correndo e,
com os braços esticados,
                                                      fingindo ser um avião,
esparramava todas as cartas do castelo dela
                            no chão.
Mais tarde, na terapia, entendi.
Quando já fomos machucados repetidas vezes,
aprendemos a adotar *mecanismos de defesa*.
Nem sempre esses mecanismos são ideais,
mas nos ajudam a enfrentar o *medo* e encontrar algum alívio.

Destruir para não ser aniquilado.

Fugir para não ser rejeitado.

Abandonar para não ser desamparado.

Desistir para não ser recusado.

Renunciar para não ser descartado.

Derrubar para não desmoronar.

Eu fingia desinteresse para não me frustrar.

Fingia que encontrar minha mãe biológica não era uma questão para mim.

Fingia que não estava nem aí para o Rodrigo, meu ex, mesmo pensando nele todos os dias.

Fingia ser fria, indiferente e desapegada

porque não podia tolerar

apoiar minha felicidade em cima de algo

e depois ver esse algo

desmoronar.

(*o castelo de cartas sempre desaba*)

Rodrigo me chamou de covarde.

Vai abandonar tudo porque demorei para responder à mensagem?

Se as coisas não saem do seu jeito você pira?

Gritei de volta:

Quero ter paz.

Me deixa em paz!

Mensagens lidas e não respondidas

mensagens elaboradas respondidas de forma sucinta

mensagens calorosas respondidas de forma fria

me tiravam a *Paz.*

Preferia empurrar a fileira de dominós,

destruir o castelo de cartas,

a esperar que eles fossem derrubados pelo *acaso.*

Meu dente
latejava.
Eulália comprou os remédios, me colocou na cama, fez um chá morno.
Queria abandonar meu corpo

      não sabia que um dente podia doer tanto.
Desejava uma anestesia, algo que me fizesse dormir, amortecesse meus
sentidos, me apagasse.
Eulália me cobriu e abraçou. Molhei seu ombro e sujei seu cabelo com
minha coriza.

A fileira de dominós ainda estava lá, ninguém havia a derrubado.
E, no entanto, eu era uma criança chorando diante da fragilidade do jogo.
Assombrada frente à vulnerabilidade e equilíbrio
das peças.
Nada havia desabado, mas eu acreditava que era só
questão de tempo

         (para tudo ruir).

Cap 29

EULÁLIA

Eu era necropapiloscopista forense, identificava pessoas mortas através de suas impressões digitais. Fazia comparação com os registros que foram gerados ao longo da vida da vítima e, assim, chegava à identidade do corpo. Toda pessoa possui um documento, um registro em cartório, uma inscrição. Após a coleta da impressão digital, eu fazia o confronto com esses documentos e chegava a um veredicto.

Minha vida tinha *lógica*
fazia sentido
podia ser provada por A + B
e, no entanto, estava sendo confrontada
com a

imprevisibilidade da vida.

Neto levou um tempo para assimilar tudo o que contei, a surpresa compartilhada nos uniu. Eu também estava absorvendo os fatos, era tudo muito surpreendente e confuso.

Fui envolvida pela emoção, por essa história de destino e sincronicidade,
mas não era só isso.

Havia algo que nasceu antes da revelação, uma sensação que aflorou no dia em que fui à funerária e Neto abriu a porta. Uma familiaridade que eu não sabia explicar, uma sensação de intimidade sem ser íntima.

Não pedi para ver a tattoo, nem ele ofereceu para que eu a visse. Não nos tocamos além das mãos enroscadas umas nas outras, suadas, transpirando um tipo de cólera nova, intensa, *Viva*.

Cap 30

ALMA

 Eulália contou que, no dia em que me trouxe em casa, movimentei os ponteiros do relógio da cozinha e bati as portas dos armários e gavetas. Alguns garfos caíram e o tilintar da prata soando no chão a assustou. Depois que adormeci, minha irmã colocou ordem nos ambientes e foi embora.
 Fazia tempo que eu não bagunçava as coisas assim. Quando visitava meus pais, na casa onde cresci, nada se movia. Mamãe, agarrada ao terço, agradecia.
 Penso que lares são mais que estruturas físicas que nos abrigam. Acredito que paredes guardam segredos e objetos contam histórias. A casa de meus pais era um abrigo de excentricidade, espiritualidade, afeto e censura. Muitas coisas não podiam ser ditas nem admitidas embaixo daquele teto, e a impossibilidade de lidar com a vida abertamente, sem tabus, muitas vezes me sufocou e, ao contrário do que era desejável, aguçou meus "dons".
 Eulália, submissa e obediente, se moldou ao que o lar esperava dela. Mesmo que desejasse abrir as janelas e arejar o ar, mantinha-as fechadas se mamãe assim ordenasse. Cresceu reprimida, sufocando desejos que nem sabia existir. Eu, por outro lado, fazia tilintar as chaves e estremecer os cadeados, de modo que a casa inteira se dobrava ao meu mistério, à força de meu pensamento, à energia poderosa que me movia.
 Mais tarde compreendi.
 Nós somos nosso próprio lar.

A medicina me ajudou a entender a força
dos pensamentos
e o quanto as ideias podem abalar
esse lar.

Depois do encontro com Lucy, perdi o controle de meus pensamentos.

Eles se tornaram um tornado, vento incontrolável que foi varrendo tudo, derrubando telhas, arrasando estruturas. Deixei as ideias ganharem contornos destrutivos e fui incapaz de me afastar e perceber que eram pesadelos que eu própria criava, deixando que me atingissem.

O MEDO

sempre foi o pior dos meus tormentos,
e quando

o medo

CRESCIA,

abalava meu lar inteiro.

Nos dias que se seguiram, me apeguei ao trabalho e tomei consciência do sentimento que me atingia.

Eu precisava dominar o medo
precisava domar esse cavalo selvagem que tentava ser mais forte que eu
precisava olhar nos olhos do corcel e reduzi-lo a um potro manso, capaz de ser conduzido com tranquilidade.

Liguei para Rodrigo.

Gostar de Rodrigo *doía*.
Nossa relação me deixava instável, insegura, amedrontada.
Mas eu sabia que
nem tudo era culpa dele.

A verdade é que
só ele conseguia me alcançar.
Só ele conseguia acessar camadas minhas

que nem eu mesma, sozinha, alcançava.

E despertava *gatilhos*.

Nem todas as pessoas que iremos conviver
acessarão nossos porões.
Algumas não chegarão nem perto.
Mas aquelas que tiverem as chaves
serão as pessoas que *nos doerão mais*
e serão as que amaremos mais também.

Eu precisava tentar de novo com Rodrigo.
Precisava enfrentar o medo e a dor de amá-lo
e deixar que ele me conduzisse a porões que eu precisava iluminar e
arejar.
Mesmo que doesse, mesmo que não ficássemos juntos.
Eu sabia que ainda havia um aprendizado
e dessa vez eu não fugiria da escola.

Cap 31

EULÁLIA

No segundo dia de Congresso, coloquei o despertador para tocar uma hora mais cedo. Debaixo do chuveiro ensaboei meu corpo de olhos fechados, respirando o ar doce e os perfumes, deixando a água descer sobre meu rosto e cabelos, a boca aberta recolhendo e cuspindo o líquido que caía. Misturei shampoo e sabonete, alonguei minha lombar tocando os pés com as mãos, deixei que a corrente quente anestesiasse minha pressa e urgência. Os vapores me relaxaram e com óleo corporal massageei a parte interna das coxas, minhas cicatrizes, o local onde costumava me ferir. A dor era meu antídoto contra o medo. Tocar minhas feridas era excitante, me deixava sem fôlego, me sentia mais Viva. Porém, quando pensei em Neto, nos seus olhos cheios de desejo pousados em mim, uma nova sede me invadiu e senti meu sexo latejar. Meu corpo reagiu numa pulsão que eu nunca havia experimentado, como se meus músculos e vísceras acordassem pela primeira vez. Minha vagina sofreu uma sucção involuntária e gostei da sensação. Toquei meu púbis acariciando a penugem fina que o recobria e outra sucção, dessa vez mais forte, despertou meu clítoris e atiçou meus pequenos e grandes lábios. Era uma sensação nova, que se misturava a uma latência na bexiga, suplicando por um toque mais libidinoso. Me excitei com essa sensação e insisti em pensar nos braços e mãos de Neto. Imaginei suas mãos pequenas e fortes me pegando, introduzindo os dedos dentro de mim e, pela primeira vez em 45 anos, me senti lubrificada. Eu estava embaixo do chuveiro, mas sentir meu sexo molhado era diferente de ter água escorrendo por ele. Meus dedos ficaram pegajosos com o muco escorregadio, minha genitália se expandiu e exigiu movimentos mais vigorosos, uma onda de prazer me chacoalhou. Minhas pernas ficaram fracas e não consegui me sustentar em pé, precisei me sentar no azulejo morno enquanto a água acariciava meu corpo e escorria pelo ralo. Fui mantendo o pensamento focado em Neto, no apetite que eu nunca havia experimentado e no desejo que nunca ninguém havia sentido por mim. O sexo começa no pensamento, a terapeuta havia dito. Minha mente sempre tinha sido minha pior inimiga, me podando, me controlando, me regendo da pior maneira possível. Enquanto friccionava meu clítoris com mais força, senti que não conseguiria ultrapassar um limite que ali, naquele momento, subitamente se interpunha entre mim e meu desejo, uma barreira entre a linha de chegada e minha censura. Era mais forte que a dor, mais forte que minha pulsão de Morte, mais intensa que minha coragem de me mutilar ou de enfrentar o terror do silêncio e da solidão. Meu abdômen vibrava, inconsequente, e tive que buscar auxílio na respiração. Respira, Eulália, respira. Fui acalmando a entrada e saída de ar para que eu mesma não impedisse a conclusão do clímax, da experiência lascívia e fugaz que por instantes me fazia perder os sentidos. Novamente pensei em Neto e a resposta veio em seguida: comecei a agonizar de forma intensa, vigorosa, espontânea. Gemi de dor. Naquele momento não tive dúvidas, eu estava gozando. Um gozo que me fazia perder os sentidos e voltar a tê-los em questão de segundos. Minha genitália ampliava e reduzia os movimentos, uma bomba de sucção libertina funcionando com voluptuosidade, erotismo, poder, Vida. Meus músculos respondiam, fortes, e eu não precisava mais dos dedos. Meu sexo fazia tudo sozinho, soberano, até que, do nada, algo esguichou. No começo achei que era urina, mas foi um esguicho sem cheiro, que voou longe, enquanto meu clítoris, inchado, ainda latejava. Um grito forte, selvagem, primitivo, saiu de minha boca e não tive vergonha. Mesmo que o andar inteiro do hotel ouvisse, não importava. Era impossível não gritar, não arquear meu tórax com força, não explodir em arrebatamento e libertinagem. Vivi minha febre com todos meus poros abertos, exalando cheiros, êxtase e mel. Em seguida meu corpo relaxou, fiquei tonta e cansada, um esgotamento que levou embora todas as minhas dores, necessidade de mutilação, dúvidas, temores. Mas então, do nada, um choro me invadiu. Chorei de alegria, sentimentalismo, euforia, amor. Uma descarga de emoções gostosa, intensa, prazerosa. Uma torrente de lágrimas deliciosa que lavou meu peito, lubrificou minha visão e me conectou a algo dentro de mim que estava desacordado. O melhor pranto que experimentei. Eu me sentia dona de mim mesma, descobridora de um segredo que jamais imaginei desocultar, senhora de minha história, amadurecida, intoxicada de liberdade. Meu primeiro orgasmo. Sozinha. Aos 45 anos. Então era isso que as pessoas sentiam. Era isso que todo mundo falava e eu achava que era supervalorização. Eu era capaz de sentir também, era capaz de ter prazer, de ser um Ser desejante, mulher. Eu não era frígida como disse para minha terapeuta tantas vezes. Eu não era incapaz de chegar ao orgasmo como afirmei em tantas sessões de terapia. Estava tudo na cabeça, começava na mente. Fiquei sentada ali, chuveiro aberto, por minutos que pareceram uma eternidade e quando desliguei a torneira, o banheiro repleto de vapor, senti que tinha sido desconstruída.

Às vezes você precisa ser quebrado para se tornar uma versão melhor de si mesmo. Às vezes você precisa sangrar e ficar à flor da pele para conseguir se resgatar.

Nunca mais voltaria a negar a mim mesma o direito de desejar e ser desejada. Sem culpa, remorso ou repugnância.

Às vezes é preciso um novo você para que a vida
volte a pulsar.

Cap 32

EULÁLIA

A culpa não avisa que vai chegar. E ninguém decide uma coisa dessas, não vou sentir culpa e pronto, a mágica imediatamente acontece. Ninguém se livra do que é e do que foi de uma hora para outra, bastando estalar os dedos. A epifania no chuveiro foi um insight, um preâmbulo, talvez uma possessão. Terminado o gozo, meu superego retomou as rédeas e comecei a me chicotear mentalmente. As feridas que eu produzia no corpo, eu as reproduzia no pensamento. A voz de mamãe falando das tentações da carne, da luxúria e do diabo invadiram minha consciência causando ansiedade. Eu precisava ser forte, resistir, temer a Deus e abotoar o último botão da camisa de seda antes de dar o laço por cima. Sequei meu cabelo, borrifei perfume atrás das orelhas e nos pulsos, calcei meu scarpin nude e segui para o Congresso após tomar um Rivotril sublingual que, milagrosamente, acalmou meu superego e trouxe à tona uma versão minha mais descontraída e menos preocupada com o inferno.

No momento em que Neto pousou os olhos em mim, novos sentimentos vieram fazer parte da festa que acontecia sem meu consentimento em minha mente. Quantos penetras ainda iriam entrar sem convite, driblando a lista de convidados que minuciosamente fiz ao longo de 45 anos? A ousadia dançava com a covardia, a luxúria ria na cara do recato, a coragem desafiava a obediência, a paixão roçava a língua no pudor, as respostas automáticas do corpo

– boca seca, taquicardia, pernas bambas e latência em minhas partes íntimas – atiçavam o autocontrole, o desejo esnobava o medo.

Esbarrei na mesa de café e as xícaras tremeram, uma moça que se servia segurou a jarra de suco para o líquido não extravasar manchando a toalha.

— Você está bem? — Neto tocou em meus braços enquanto eu me desculpava e pegava um pão de queijo que não consegui comer.

— Estou sim, sou muito desastrada! — Sorri exageradamente, o que me causou constrangimento.

(que inadequada, que inadequada)

Neto percebeu que me causava descontrole e se aproveitou disso. Foi atraído por minha timidez, se encantou pelo transtorno que provocava em mim, cismou em me elogiar sabendo que isso geraria respostas involuntárias no meu corpo:

— Você está cheirosa — ele disse, e o odiei por isso. Eu podia ser tudo, menos ingênua.

Era desconfiada, rabugenta e não lidava bem com elogios, principalmente vindos de homens. Ficava constrangida, me retraía.

Minha resposta imediata foi me afastar, manter-me longe dele, me proteger. Mas Neto, ao contrário, parecia não resistir. Me perseguia, puxava assunto, queria entender a coincidência por trás do nosso encontro, a coisa de destino, ele dizia.

O olhar de um homem me fazia perder a confiança, meu andar mudava, eu ficava desengonçada, me expressava sem convicção, voltava a ser a menina insegura cuja mãe ditava as regras. Por isso preferia fugir, me esquivar, fingir desinteresse.

Neto agia com desenvoltura e naturalidade, cativando todos ao redor, mas focando, principalmente, em mim. Se desvencilhava das pessoas que se aproximavam e corria para me alcançar. De certa forma conseguiu atenuar um pouco minha insegurança e quebrar o clima de tensão que havia entre nós. Me fez perguntas inteligentes sobre o ofício de necropapiloscopista, me agradou elogiando papai, provocou gargalhadas com histórias de sua infância morando numa funerária. Encontramos outras coincidências: nós dois crescemos assistindo à Morte de perto, mas não de um jeito mórbido e sim natural; nossos pais tinham profissões incomuns que nos inspiraram; imaginávamos que a casa de todo mundo era assim também; convivíamos com os cadáveres como se eles fizessem parte do dia a dia de qualquer pessoa; o cheiro de formol era familiar; vivíamos nos questionando e perguntando aos nossos pais *onde é que andava a alma dos corpos sem vida?*

Essa última questão quebrou totalmente o gelo entre nós. Ele disse: Exatamente! Eu via mamãe maquiando aquelas senhoras mortas, passando esmalte nas unhas arroxeadas, fechando o colarinho de corpos frios e rígidos e perguntava:

— Cadê a alma dela, mãe?

Mamãe dizia que estava com Deus, mas era tudo tão abstrato, confuso e volátil que não me satisfazia, eu precisava entender mais. Passava horas olhando os corpos, acompanhando os funerais e observando os familiares enlutados chorando seus mortos. Não havia consolo. Mesmo sabendo que a alma dos defuntos estava com Deus, eu queria poder dizer que a Morte não era o fim, mas era tão difícil para mim compreender! Quando perdi a perna, piorou. Me revoltei, briguei com Deus, blasfemei contra Ele. Era muito jovem, me senti injustiçado. Foi uma barra aceitar que nem meu corpo estava sob meu controle, que a Vida dita regras independentemente da nossa vontade. Me deprimi, vivi um luto extenso que acabou afetando meus pais e toda a família.

A facilidade com que Neto se abriu comigo, o jeito sincero de se expor, de ficar vulnerável e susceptível ao meu julgamento, apaziguou minha desconfiança e quebrou minha armadura. Sua honestidade e vulnerabilidade nos aproximou. Ele não se importava com suas fragilidades, tampouco desejava compaixão de minha parte. Era um homem querendo proximidade, e eu a permiti.

Em pouco tempo eu estava me abrindo também, contando sobre minha infância e expondo fatos que poucas pessoas sabiam, falando sobre o dia em que encontrei Alma, sobre o quanto eu estava com saudade de meus filhos e até sobre meu casamento. Afirmei que Patrick era um homem maravilhoso, que tínhamos um casamento perfeito. Essas palavras saíram da minha boca muito mais como autoafirmação que como realidade. Muito mais como defesa que como verdade.

Neto reagiu com neutralidade, não demonstrou emoção alguma, mas emendou falando de seu divórcio e sobre a falta que sentia dos filhos.

Em pouco tempo parecíamos velhos conhecidos, amigos de longa data que se sentem à vontade um com o outro, dispostos a falar sobre os fatos, mas também sobre sentimentos e emoções.

Ao final do segundo dia de Congresso, nos despedimos e fui para meu quarto pensando em Neto de forma obsessiva. Nunca havia pensado em alguém tanto assim e aquilo me consumiu. Liguei para Patrick, não consegui me concentrar na conversa. Tentei me distrair, assistir a algo diferente na tevê, nada me entretinha. Peguei o terço, rezei algumas dezenas e a repetição da oração em vez de me afastar, me aproximou da obsessão. Tentei dormir, em vão. Virava na cama como se houvesse espinhos no colchão. Quando deu 3 da manhã, me rendi e coloquei outro Rivotril — o segundo do dia — embaixo da língua. Adormeci.

Cap 33

ALMA

  Rodrigo continuava idêntico: agitado, caloroso, falante. Me abraçou e me tirou do chão como se não houvesse transcorrido um dia sequer desde o nosso término. Eu sabia que ele gostava de mim, mas suas demonstrações de afeto eram exageradas com todos; e, por isso, não me impressionavam tanto.

  Ele não parecia magoado nem decepcionado comigo, um ano sem dar notícias, sem atender aos seus telefonemas, sem desbloqueá-lo nas redes sociais. Rodrigo levava a vida de forma leve, tranquilo até demais. Talvez tenha sido esse descompasso — eu tão intensa, ele tão sossegado — que me causou tanta ansiedade, me desestruturando a ponto de fugir.

  – Você continua a *menina-no-mundo-da-lua* de sempre — disse, em um tom afetuoso.

  Esse era o apelido que ele me deu anos atrás, quando percebeu que eu tinha sonhos premonitórios, falava e chorava enquanto dormia, conversava com os mortos e movimentava objetos pela casa.

  Sorri. Ele bagunçou meu cabelo.

  — Como estão as coisas em casa, seus pais, sua irmã?

  — Todos bem — respondi.

  — Você está melhor com a questão do não paradeiro da sua mãe biológica?

  — Na verdade, agora sei o paradeiro dela, Ro.

— Sério, Alma? Vocês se conheceram, como a encontrou?

Virei meu copo de cerveja num só gole e contei tudo a Rodrigo. Ele se mostrou interessado e empático, mesmo quando defendi meu direito à fuga diante de situações com as quais não sabia lidar.

— É tudo muito intenso pra você, né, Alma? Você não vive a vida, você mergulha nela. E quando as coisas não saem como você imagina, você se despedaça.

Me abraçou enquanto eu chorava e molhava sua camiseta cheirando a desodorante e cigarro. Quando levantei meu rosto beijou minha boca de um jeito terno, cheio de saudade. Tomamos mais 3 garrafas de cerveja enquanto nos tocávamos, beijávamos e retomávamos nosso relacionamento como se tempo algum tivesse nos afastado.

Cap 34

EULÁLIA

No amanhecer do terceiro dia de Congresso, depois de uma noite mal-dormida em que fui açoitada por pensamentos obsessivos, liguei para Alma. Minha irmã enxergava os fatos além da matéria, analisava as situações por um prisma mais amplo além do que podia ser visto ou tocado. Por algum tempo, escondida de mamãe, aprendeu a ler cartas de tarot. Dizia que o inconsciente era poderoso e que o psicanalista Jung defendia o uso do baralho em suas consultas como forma de acessar camadas mais internas da psique e, assim, tratá-las com efetividade. Não pedi que ela abrisse o tarot para mim, mas desandei a tagarelar, contando sobre a sincronicidade incrível que me unia a Neto, tentando entender o que ele despertava em mim. Eu estava louca? Era algum tipo de possessão? O Diabo estava me tentando ou Deus me oferecia uma chance de cura e felicidade? Estava muito confusa, pois, ao mesmo tempo que me sentia livre e feliz, experimentava culpa e medo.

Alma comemorou: eu sabia que você não era frígida, era só sua repressão falando mais alto! Não é bom? Você gostou? Nossa, estou muito feliz por você! Não quero que você se machuque, mas também não acho que Deus permitiria um encontro desses sem nenhum propósito. Tente se acalmar, não ficar vendo pecado em tudo. Não aconteceu nada, e pelo que te conheço, não vai acontecer tão cedo. Quando se sentir insegura ou muito perdida, me telefone ou mande mensagem. Não deixe que o discurso de mamãe te domine, ela é de outra geração, é normal que enxergue o bem e o mal como duas entidades distintas, separadas. Mas nem tudo é só bom e nem tudo é só mau, você entende?

Conversar com Alma me acalmou, consegui diminuir a força com que me apedrejava, consegui enxergar *aprendizado* no momento que estava vivendo.

Cap 35

ALMA

A memória nos conta mentiras.

Mente com tamanha convicção que acreditamos nos fatos conforme nos lembramos deles.

O que lembramos do fato nem sempre foi o que aconteceu,

mas como aquilo *nos atingiu*

com a compreensão que tínhamos no momento.

Quantas vezes não passamos a vida inteira acreditando que morávamos numa casa ENORME

na infância

e, quando revisitamos esse lar, percebemos que a casa era pequena.

Nós é que a enxergávamos GIGANTE.

Nossos abandonos nem sempre foram abandonos reais,

mas não há como duvidar da **dor** invadindo o corpo todo

quando um *não abandono*, sentido como *abandono*, nos atingiu.

Às vezes, é preciso revisitar a casa

para redimensionar a dor,

senão ela se repete,

se repete,

se repete,

até a gente entender.

Quantos partos iremos sofrer em Vida?

O primeiro parto ordena o primeiro desamparo: *Vá, respire com seus pulmões, chore para conseguir o alimento, abandone esse lar que o amparou por meses. Você está desabrigado, chegou a hora de viver!*

Outros partos, sem anestesia alguma, decretarão que é hora de nos afastarmos de quem éramos e começar uma vida totalmente nova.

Dói. Dói demais. Pelo corpo todo.

Ninguém sai de uma experiência dessas ileso, como se fosse fácil.

Eu nunca gostei do que era fácil,

mas dizer que estava

confortável

em confrontar meu maior medo

era mentira.

Reatar com Rodrigo foi um degrau.

Eu precisava lidar com a possibilidade de ser abandonada por ele sem que isso me tirasse o chão. Pretendia relevar seu jeito monossilábico de conversar comigo por mensagens; tentaria não me angustiar quando ele sumisse por um dia inteiro e só desse notícias à noite; controlaria minha ansiedade quando ele mudasse de repente, passando do Rodrigo sociável e extrovertido para o Rodrigo fechado e calado.

Eu sabia que havia sentimento verdadeiro entre a gente, mas ele não era uma pessoa fácil e eu também não. Ele despertava gatilhos muito dolorosos em mim, mas também era capaz de me inundar de alegria e afeto, gentileza e cumplicidade, admiração e respeito. Rodrigo me incentivava a crescer, a investir na minha carreira, tinha orgulho de minhas conquistas.

A Cidade Miúda era dividida em:

Cidade Miúda de cima

e Cidade Miúda de baixo.

Um rio cortava a cidade ao meio, separando a população mais carente da população abastada. Éramos de classe média, mas morávamos na Cidade Miúda de cima. Minha escola ficava na Cidade Miúda de baixo, e todos os dias eu atravessava a ponte que dividia o município, entrando em um território cujas praças não recebiam atenção do prefeito, as ruas não eram asfaltadas e os sobrados tinham o reboco aparente, além de varais com roupas que pareciam fazer parte da decoração do bairro. Certa vez, fiquei presa na escola terminando um trabalho e perdi minha carona de volta para casa. Ficou escuro e eu era uma menina de 9 anos esquecida no colégio. Resolvi ir embora sozinha — eu costumava fazer o trajeto de ida a pé, sob o clarão do dia, não seria difícil chegar em casa à noite. Na ponte, porém, travei. Fazia muito frio e ventava; os postes estavam apagados e a passarela me pareceu muito alta. O rio me ameaçou com seu volume, tampei os ouvidos para não escutar o barulho da água correndo, senti que a cidade cantava uma música apavorante e o silêncio da noite me engoliu. Fiquei parada por um tempo que hoje imagino terem sido poucos minutos até que uma vizinha de mamãe tocou meu braço. Eu chorava e cantava uma música baixinho, ela me viu e veio em meu socorro. Estava a pé e me conduziu até em casa. Hoje entendo que devia ser por volta das 6 da tarde, mas era inverno e o dia estava mais escuro que o normal. Meus pais não deram por minha falta, sabiam que eu tinha um trabalho na escola e imaginaram que minha carona me esperaria. Porém, na minha memória, a lua era uma boca sarcástica que sorria enquanto via meu desespero; a ponte era uma construção enorme pronta para me despejar lá de cima; o rio era um monstro gigante prestes a me engolir; a noite era silenciosa e cheia de fantasmas.

Hoje, quando atravesso a ponte, revejo meu desespero sob outra perspectiva.

A memória me conta mentiras,
mas necessito não acreditar nelas.

A ponte não é tão extensa
o rio não é tão ameaçador
meus pais não me abandonaram naquela tarde

como eu acreditei.

É preciso esquecer a dor
para experimentar
alegrias novas.
Reciclar os cacos
atualizar a identidade
e rever os porões sob outro olhar.
Acender as luzes e perceber
que sobre a penteadeira havia um abajur
e não um tigre à espreita.
Reatar com Rodrigo e redimensionar as demoras e ausências;
descortinar as respostas monossilábicas;
não me desesperar diante da falta momentânea;
frear a ansiedade e apaziguar o medo;
entender que uma demora não significa um abandono.
Se eu conseguisse lidar com o amor que ele despertava em mim
e todo medo decorrente desse amor,
talvez eu pudesse lidar
com o desespero de reencontrar minha mãe biológica *e perdoá-la*.

Cap 36

EULÁLIA

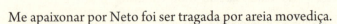

Me apaixonar por Neto foi ser tragada por areia movediça.

Eu queria sair, mas, quanto mais me agitava para chegar à superfície mais afundava.

Decidi que o evitaria a todo custo e certamente aquela demência temporária iria passar.

No fim de semana seguinte ao Congresso, passei o dia na casa de meus pais. Minha mãe havia mantido nossos quartos — meu e de Alma — exatamente como eram na nossa adolescência; revisitar meu antigo espaço era como me reconectar com meu eixo, com a parte de mim que permanecia viva na antiga vitrola e nos discos de vinil, na porta do guarda-roupa repleta de fotos de Jim Morrison, nas agendas coloridas abarrotadas de recortes da revista Capricho, nas pastas de papéis de carta e nas fotografias pregadas no mural de cortiça.

Essas eram as coisas visíveis. Qualquer um que entrasse em meu antigo quarto esbarraria nesses objetos que tinham tanto significado para mim. Porém, havia também o Invisível que habitava esse Santuário.

Uma caixa de metal com um cadeado na borda permanecia escondida dentro de uma mala, envolta em uma manta.

A caixa era meu passaporte para um Oceano distante, salgado pelas minhas lágrimas.

A chave que abria o cadeado andava comigo. Nunca me separei dela, como uma garantia de que a Verdade prevaleceria, mesmo que eu mentisse.

Fazia anos que eu não abria a caixa, confrontar meu passado era perturbador.

Retirei o cadeado, levantei a tampa e um aviso bem grande, escrito com caneta Piloto em papel sulfite alertava: SÓ ABRA SE ESTIVER PREPARADA.

Abaixo do aviso, alguns cadernos e objetos.

Souvenir de alegrias passageiras e tempos difíceis.

Uma rolha: lembrança do champanhe que papai abriu na minha formatura

Um miniálbum de fotografias 3 x 4: coleção de fotos de meus amigos

Um espelho quebrado

Um esparadrapo sujo de sangue

Uma flor desidratada

Um palito de picolé

Um alicate de cutículas

Abri o primeiro caderno:

"Uma vez eu li que é melhor ver a lava do vulcão do que não a ver. Pois quando se sabe por onde escorre o magma, é possível escolher por onde caminhar.

Um vulcão adormecido guarda em seu interior uma explosão contida, e isso nem sempre é bom.

Mais vale um fogo visível, que permite ser conhecido

do que uma explosão quieta

que só faz mal a si mesma.

Sou um vulcão adormecido.

Prazer, Eulália (27/08/1988)"

Fechei o caderno e tive vontade de abraçar a menina que o escreveu.

Será que ela precisava continuar se ferindo?

Até quando ela continuaria se sentindo sozinha?

Por que não mostrar sua verdadeira face, mesmo que isso causasse danos ao redor?

Por que não ser uma lava viva e ativa, que distribui cinzas, calor e poeira por onde passa,

ao invés de ser uma erupção refreada, que só agrada quem não se importa?

Cap 37

EULÁLIA

Eu tinha 8 anos quando me feri pela primeira vez.
Me lembro que as palavras ficaram amordaçadas na minha garganta
depois que o Seu Rui,
marido da tia Marisa, minha professora de piano
me beijou no rosto e enfiou a língua na minha orelha.
Foi nojenta
aquela baba
de um homem barbado
dentro do meu ouvido.
Limpei a nojeira na hora, na frente dele
e entrei na sala onde a professora me esperava.
Abri o *Mario Mascarenhas volume 1*
e toquei com muita força
a ponto de desafinar as teclas.
Tia Marisa colocou sua mão sobre a minha e interrompeu
— Não faça assim, o que houve com você hoje?
Retomei o exercício conforme o esperado,
até a aula acabar
uma hora depois.
Não comentei nada com ninguém

achei que não havia nada que merecesse ser mencionado.

Mas, entrando no banheiro de meus pais

um alicate de cutículas

deixado ao acaso

me convocou.

Passei na parte interna da coxa

e nada aconteceu.

Forcei um pouco mais

e um risco, acompanhado

de dor

surgiu.

Em cima do risco, fiz outro risco

mais fundo,

até sangrar.

Doeu muito. Chorei.

Apertei para sair

mais sangue

e, depois, coloquei papel higiênico em cima para secar.

A dor era aguda, lancinante, profunda

e de alguma forma que não sei dizer, abrandou minha ansiedade.

Ninguém notou que eu estava machucada

e aquele se tornou

meu segredo

e meu remédio.

Toda vez que me sentia sozinha ou angustiada,

tocava a ferida na parte interna da minha coxa

e me sentia melhor.

Durante 4 anos fui assediada pelo Seu Rui

numa sequência de passos que eu sabia de cor,

mas não consegui evitar.

Eu era uma menina de 8, 9 , 10, 11, 12 anos

e ele um homem feito, pai de 2 jovens adultos,

pastor evangélico,

marido da minha professora de piano.

Anos depois, eu soube que não fui a única.

Outras crianças o denunciaram, mas já havia passado

tempo demais.

O homem que enchia o congelador de picolés e usava-os como isca

para tocar nossos corpos quando entrávamos na cozinha

saiu impune.

Dona Marisa nunca desconfiou e,

como era de se esperar, o perdoou.

Meus pais me ouviam reclamar:

Mãe, o Seu Rui lambe minha orelha quando eu chego para a aula de piano;

mãe, eu odeio os picolés que o Seu Rui faz, mas ele me obriga a ir à cozinha pegar;

mãe, não quero mais fazer aulas de piano; mãe, posso faltar hoje?

Mas nunca desconfiaram

de NADA.

Quando tudo veio à tona

com as denúncias,

me culparam por não ter dito

NADA.

Meus machucados se tornaram mais frequentes.

Qualquer motivo, além do assédio semanal do Seu Rui,

era motivo o bastante para me infligir dor.

Eu era boazinha, comportada, obediente.

Mas dentro do banheiro, me sentia

livre

para me desconstruir.

A dor era prazerosa,

excitante, calmante.

Minha pele era uma tela em branco

esperando ser tatuada
pela ferida.
Mamãe não comprava band-aids, mas no laboratório de papai
havia esparadrapo
e eu escondia meus machucados quando ia à piscina.
Mamãe achava que era *mania* minha.
Um estilo próprio, aqueles esparadrapos pelo corpo, como se fosse *moda*.
Quase 40 anos se passaram até que eu parasse de me ferir.

Foi por isso que Alma comemorou
com tanto entusiasmo
quando contei a ela o episódio do chuveiro.
Ela previu que o gozo pelo vidro triturado teria fim.
Em seu lugar, um gozo novo, capaz de me fazer sorrir.

A vida não pede licença
e as coisas boas
nos *alcançam*
alheias ao nosso desejo
de nos *ferir*.

A pulsão de vida é mais forte
que a pulsão de morte.

Cap 38

EULÁLIA

❧

Fechei a caixa de metal e saí do meu antigo quarto
disposta a conversar com mamãe.
Eu não podia mais aceitar
que a definição que ela tinha de mim
fosse a minha definição.
Eu era uma mulher de 45 anos
submissa ao desejo de agradar.
Em nome da menina que escreveu aqueles cadernos,
eu tinha que revelar meus desejos
nem que isso fizesse o mundo
desmoronar
ao meu redor.

O cume da montanha estava prestes a explodir.

Cap 39

ALMA

Tenho a Síndrome do Intestino Irritável e olhos verdes.

Quem me conhece dos corredores do Hospital, das conversas no refeitório ou do "bom dia" matinal, acha que tenho olhos tristes. A cor é aguada e forma um contraste bonito com minha pele morena e cabelos ondulados. Rodrigo disse que ficou enfeitiçado por essa água esverdeada, rio de enigmas, oceano de melancolia.

Por anos tratei meu intestino com probióticos, alimentação rica em fibras, água, antiespasmódicos. Mais tarde entendi que a cura estava na minha cabeça e não na minha barriga. Eu precisava cuidar das minhas emoções, do mar salgado que me habitava, circulando feito linfa. A terapia, os exercícios físicos e os florais de Bach ajudaram. Ter consciência de minhas somatizações, também.

Minha barriga doía

quando decidi procurar minha mãe pela segunda vez.

Estufou, ficou cheia de gases, a ponto de doer o peito.

Como médica, eu sabia que a SII era um distúrbio da sensibilidade dos nervos intestinais, diretamente ligada ao modo pelo qual o cérebro controla algumas dessas funções.

Mas não era fácil decidir me acalmar e pronto, tudo resolvido.

Quis desistir, Rodrigo não deixou.

— A vida não tem cura, Alma.

Você que me ensinou isso, lembra?

Hoje dói a barriga; outro dia é o dente; na próxima semana, a coluna.

Lucidez demais machuca

Mas, depois que você enfrenta, dói menos.

Dessa vez não almoçamos.

Tomamos duas caipirinhas e pedimos para falar com Lucy.

Rodrigo segurava minha mão.

Minha barriga fazia barulhos altos, constrangedores.

Lucy surgiu miúda, vindo da cozinha em direção à nossa mesa.

Pedi que se sentasse. Inibida, recusou. Insisti e puxei uma cadeira ao meu lado.

Ela tinha cheiro de cigarro e alho, os cabelos presos numa touca e as mãos úmidas, que tentava esconder embaixo da mesa.

Eu não sabia como começar e Rodrigo manteve-se quieto, respeitando o momento.

Abri minha bolsa e retirei

o bilhete. Entreguei-o a ela.

Enquanto ela lia,

um silêncio

desconfortável

tomou conta de tudo.

Apertei a mão de Rodrigo com força, ele respondeu apertando de volta.

Ela mantinha a cabeça baixa.

Deve ter reconhecido a própria letra,

mas a surpresa do momento

não permitiu que levantasse o olhar.

33 anos são muita coisa

para assimilar.

Um filme devia estar passando em sua cabeça

e acho que era um filme triste

porque ela começou a enxugar os olhos com o avental sujo de tomate.

Queria que ela dissesse alguma coisa,

mas percebi que cabia a mim

romper o silêncio

e diminuir

a distância.

Rodrigo serviu um copo de água e ofereceu a ela.

Lucy bebeu um gole e, ainda sem olhar para mim,

releu o bilhete,

esticando o papel amassado com as duas mãos

trêmulas

sobre a mesa.

Soltei minha mão da mão de Rodrigo

e pousei sobre as mãos de minha mãe.

Estavam geladas e vibraram quando as toquei.

Sua pele transpirava Solidão.

Nós duas sabíamos do que se tratava aquele bilhete,

por isso

não foram necessárias palavras.

Às vezes, palavras comunicam

menos

do que a gente gostaria

e podem *diminuir* a explicação das coisas e do momento.

Ela deixou o choro vir à tona e soltou uma das mãos para enxugar o pranto.

Rodrigo se levantou e foi falar com o maître.

Ficamos nós duas, sozinhas, sem vocabulário que pudesse nomear nossos sentimentos.

— *Me perdoa.*

Foi a primeira palavra que ela disse, quando levantou o olhar.

Abracei-a

e choramos juntas.

— *É claro que sim, não há o que perdoar* – disse em seu ouvido.

A culpa e o remorso são peregrinos do corpo que se nega a abandonar o passado.

Agora, porém, havia a chance do recomeço.

Nosso encontro afrontava a dor e desafiava a saudade.

Eu não tinha sido abandonada por minha mãe.

Cap 40

EULÁLIA

Mamãe estava na sala
ajeitando as almofadas no sofá
e cheguei propositalmente
displicente
me sentando na poltrona que ela tinha acabado de arrumar.
Me ofereceu café e aceitei.
Eu disse que preferia puro,
sem açúcar ou adoçante
e então, ela

me elogiou
disse que tinha muito a aprender comigo,
que eu era uma filha

perfeita,
que dava muito orgulho a ela.

(foi a deixa que eu precisava)

— Mãe, eu não sou a pessoa que você pensa que sou.

Mamãe agarrou a almofada que estava ajeitando e voltou-se para mim

— COMO ASSIM?

— Mãe,

eu
não
sou
perfeita

(...)

Foi assim que acreditei ser o certo,
foi assim que me adaptei para agradar.
Você sorria quando eu acertava
e achei que não suportaria encarar
a decepção em seu olhar
se eu ousasse contestar.

(Chegou a hora de crescer
a vida nos convoca a pular.
Vem me dê sua mão
vamos juntas atravessar)

Eu queria que minha mãe pulasse comigo, mas ela
estava enrijecida, incapaz de se mover, muito
menos pular.
Apertava a almofada contra o peito, como se fosse um escudo, um ante-
paro entre nós duas.
Eu sabia que embaixo de seu silêncio ela se debatia contrariada.
Mas dessa vez eu não me deixaria intimidar
por seu olhar
por sua postura

por sua respiração

por algo invisível que só nós duas éramos capazes de nomear

e que de alguma forma me conduziriam a seguir por um caminho

(seguro)

onde eu seria incapaz de me afogar.

Ela ainda não sabia, mas eu tinha perdido o medo das inundações, correntes fortes, oceanos densos, marés altas, ondas colossais, profundidades escomunais.

Mergulhei de cabeça:

— *Quero me separar de Patrick, mãe.*

Mamãe deixou a almofada cair no chão e correu
ao meu encontro.

— NÃO ME FALE UMA COISA DESSAS!!!!!!!!

Você enlouqueceu???

Casamento é um Sacramento Sagrado, para a vida inteira!!!

Na nossa família não há separação!

Nem me fale uma coisa dessas!!!!!!!

Você deve estar entrando na menopausa! Está vivendo alguma alteração hormonal que está mexendo com sua cabeça. Deus vai ajudá-la a enfrentar essa crise; você vai fazer alguns exames, começar a repor os hormônios e tudo vai ficar bem. Eu tenho fé, tudo há de ficar bem, minha filha.

((emudeci))

Há areia e sal em meus poros e o mar me convoca a não retroceder.

Dessa vez estarei ao meu lado.

Dessa vez não vou

me abandonar

Cap 41

ALMA

Nunca entendi a parábola do Filho Pródigo, até o momento em que reencontrei minha mãe biológica. Lucy me abandonou e meus pais adotivos me criaram. Agora, porém, eu a reencontrara. De forma alguma eu queria ser ingrata com minha família adotiva, mas desejava estreitar os elos com minha progenitora.

Fui descobrindo nossas semelhanças, ouvindo as histórias, entendendo a origem de meus dons premonitórios. Lucy me contou sobre o câncer de mama que enfrentou, sobre o quanto isso a abalou, e chorou ao se lembrar da mãe e da avó, mortas num acidente de ônibus que ela previu.

Meu pai biológico nunca soube da gravidez e muito menos da minha existência. Lucy me contou que escondeu a gravidez de todos, inclusive da mãe e da avó, durante os nove meses de gestação.

Nasci clandestinamente
exilada de qualquer endereço que denunciasse minha origem.
Sem documento, paternidade, rastro.
Vivi somente na lembrança de minha genitora
no pensamento e na certeza
de que havia sido resgatada e estava em boas mãos.

Quando nasci, meu pai era um estudante de
medicina
MAIOR DE IDADE,
cujas roupas eram lavadas por minha mãe.

Ela fazia entrega de roupas nas repúblicas de estudantes
carregava trouxas pesadas na cabeça, embaixo do sol
e ele a assediava todas as vezes que a encontrava.

Lucy era uma menina de 13 anos, nunca tinha namorado, nem sequer beijado.

Fernando era um jovem de 21 anos, aluno do terceiro ano de medicina,
forte,
rico,
bonito.

Lucy entregava as roupas, recebia o pagamento, ia embora.

Fernando sorria, seduzia, convidava-a para entrar.

Lucy nunca aceitou nem um copo d'água das mãos dele, muito menos os convites para conhecer a república.

Uma tarde, porém, apareceu uma mascote na república.

Lola, uma Chihuahua marrom, destemida e atrevida, convidou-a a entrar.

Lucy adorava bichos e se rendeu ao charme da cachorrinha.

No quintal da casa, passou alguns minutos se divertindo com a pequena Lola até que Fernando, se aproveitando de um descuido da menina, tomou-a pela cintura e encostou-a

à força

[numa parede].

Por mais que Lucy resistisse e lutasse, era muito menor e mais fraca que Fernando. Ele segurou seu cabelo e, antes que ela pudesse gritar de dor, enfiou a língua em sua boca.

(...)

Daí em diante não consegui ouvir nem mais uma palavra.

Minha mãe estava com a voz embargada, e pedi que não continuasse. Nenhum filho quer saber sobre a violência que atingiu sua mãe, ainda mais se descobre que é fruto dessa violência.

Minha mãe tinha sido *estuprada*.

9 meses depois, eu nasci.

Meu pai biológico era um Estuprador.

Eu não ia deixá-lo impune.

Cap 42

"Ninguém acreditaria em mim."

Foi o que Lucy me disse quando perguntei se ela não sabia que a ação de Fernando era crime, que poderia ter denunciado, ido à delegacia, falado com sua mãe e avó.

Tive que concordar com ela.

Ela era uma menina de 13 anos, pobre, sem instrução, afrodescendente. Ninguém acreditaria e, pior, ela fatalmente seria interrogada, constrangida, coagida e humilhada.

Fernando era branco, 21 anos, de família rica, estudante de Medicina, bonito, sedutor. Jamais seria tratado como estuprador.

Nesses casos — e em inúmeros casos semelhantes —

a vítima é tratada como Réu Culpado.

Conversei com papai — Olavo, meu pai adotivo — e ele me explicou:

O crime cometido contra Lucy tinha 34 anos e já prescrevera.

"No Brasil, o crime de estupro contra jovens de 14 a 17 anos é punido com até 12 anos de prisão. Nos casos de estupro de vulnerável, quando a vítima possui

menos de 14 anos, a pena pode chegar a 15 anos de prisão. As vítimas de estupro possuem até 20 anos após a prática dos crimes para denunciar o agressor." *

O crime já havia prescrito, mas eu precisava confrontar o homem que engravidara minha mãe de forma violenta. Ele precisava saber que tinha uma filha e, mais do que isso, precisava ser punido, ainda que de forma não oficial, pelo estupro de vulnerável.

Alguma reparação teria que acontecer.

(fonte: G1 - Entra em vigor lei que estende prazo de prescrição para estupro de criança - notícias em Política (globo.com))

Cap 43

EULÁLIA

— *Preciso da sua ajuda para encontrar um criminoso* — foi o que Alma me disse no dia em que me procurou no necrotério. Eu trabalhava na captura das papilas dérmicas de um cadáver vítima de morte violenta; o corpo tinha chegado ao necrotério num estado crítico e eu precisava realizar meu trabalho com urgência. Enquanto mapeava os pontos através da técnica de Vucetich, minha irmã sentou-se ao meu lado e me contou sobre Fernando.

Num estalo,
interrompi
meu trabalho
e abracei-a.
(...)

Quando eu era menina, li sobre a sequência de Fibonacci e fiquei encantada, viciada em reconhecer o padrão que conferia estética e perfeição a todas as coisas.

A sequência estava presente na Galáxia, nas pirâmides do Egito, nas moléculas de DNA, *nos animais, folhas, flores e seres humanos. Também na matemática, música, mercado de ações e construções. Enfim, a perfeição estava intrinsecamente ligada a esse padrão numérico que só podia ser explicado por Deus.*

No caso das plantas, o arranjo das folhas em torno do caule seguindo os números de Fibonacci proporciona que **todas as folhas recebam raios solares uniformemente**. Em caso de chuva, essa formação facilita o escoamento da água na planta. Isso ocorre com o miolo do Girassol, a semente da pinha, a espiral da folha de uma bromélia. No caso dos seres humanos, é encontrada a proporção áurea, que também segue a sequência de Fibonacci e pode ser observada no sorriso, nas proporções do tronco e rosto.

Aos 10 anos de idade, observar os bebês nos potes de vidro me acalmava.

Mas também me deixava

indignada

com Deus.

Eu acreditava que os fetos nos potes poderiam ter sobrevivido caso seus corpos obedecessem corretamente a sequência de Fibonacci, que estava presente no rabo de um camaleão enrolado, nas espirais das presas de marfim dos elefantes e na concha do caramujo.

Perguntava a Deus por que ele tinha feito os bebês defeituosos, por que a divisão celular daquelas criaturas inocentes não tinha sido perfeita.

Se Deus é perfeito,

capaz de fazer algo tão perfeito quanto à sequência de Fibonacci,

por que não podia fazer **todas** as coisas perfeitas também?

Injustiça

era um troço que não entrava na minha cabeça.

Alguém fazia o mal e ficava impune; enquanto outras pessoas eram boas o tempo todo e geravam bebês cuja multiplicação não era tão perfeita. Tão perfeita quanto à sequência de Fibonacci.

Íamos achar Fernando e alguma justiça seria feita.

Dei minha palavra à Alma.

Cap 44

Me lembro quando Seu Rui morreu.

Foi há 10 anos, eu soube do falecimento pelo alto-falante do carro que circulava pela Cidade Miúda anunciando óbitos e informando horários de velórios e sepultamentos.

Ver aquele homem no caixão, tão frágil, magro e desbotado pela morte me ajudou a ter consciência de que não há remédio para a vida, e que muitas coisas serão sepultadas sem que ocorra um desfecho, acerto de contas ou justiça.

Por incrível que pareça, eu não tinha mágoas do Seu Rui. Minha mágoa tinha sido transferida aos meus pais, por não terem me protegido nem defendido quando relatei os fatos.

Mágoa é como "má-água", uma água parada que só faz mal a quem bebe. Porém, por mais que eu tentasse me livrar desse veneno que circulava em meu corpo, alguns gatilhos traziam essa água turva à tona.

A história de Lucy e Fernando foi um desses gatilhos.

Depois que Alma me contou sobre o estupro de Lucy, acessei o banco de dados da Faculdade de Medicina da Cidade Miúda e descobri facilmente, na turma de 1987, um formando chamado Fernando Ferraz.

Era natural de Juiz de Fora, em pouco tempo verifiquei que não tinha registros nem passagem pela polícia.

Encontrei-o no LinkedIn e descobri o endereço de seu consultório. Era médico ortomolecular e atendia numa clínica de alto padrão.

Alma telefonou para a clínica e marcou um horário para mim.

Um mês depois, nós duas comparecemos à
consulta.

Cap 45

ALMA

 A Clínica Ferraz ficava numa rua arborizada, com estacionamento amplo e manobrista. Eulália foi atendida por duas recepcionistas uniformizadas que ofereceram água e cobraram 990 reais pela consulta, sem recibo.
 Doutor Fernando era elegante e pontual. Nos recebeu na porta de sua sala, cumprimentando-nos com um aperto de mãos e encaminhando-nos às cadeiras de couro pretas que compunham o ambiente climatizado, decorado com extremo bom gosto. Atrás dele, uma estante iluminada com spots de luz indireta abrigava 2 porta-retratos da família: um com a foto dele e uma mulher, provavelmente a esposa; outro, com a foto dele, a mulher e um casal de adolescentes, todos lindos, sorridentes e felizes.
 Enquanto Eulália explicava que desejava fazer um checkup de rotina com o objetivo de dosar seus hormônios porque suspeitava estar no climatério, eu observava Fernando. Sua mão grande, que tinha arrancado os cabelos de minha mãe e levantado seu vestido à força ostentava uma aliança grossa no dedo anelar esquerdo. Seu terno azul-marinho formava um contraste bonito com a pele clara e o cabelo grisalho. Tinha voz grossa e articulava bem as palavras, explicando termos como dosagem de selênio, níquel, cobre, chumbo e o temido mercúrio.
 — Você tem restaurações de amálgama nos dentes, Eulália? Precisa retirá-las urgentemente! Aqui na clínica contamos com esse serviço especializado e você terá todo acompanhamento para que a remoção seja feita da forma mais segura possível. Quanto ao intestino, temos uma terapia com Ozônio, você já ouviu falar?

Eu escutava Fernando e pensava em Lucy. Minha mãe biológica usava prótese nos dentes, tinha a pele maltratada pelo sol e certamente apresentava níveis de magnésio inferiores ao esperado.

— Vou pedir dosagem de vitamina B12, ácido fólico, sódio, potássio e hormônios sexuais. Faremos dosagem do cortisol e cultura de fezes.

Lucy tinha enfrentado um câncer de mama e entrado na menopausa precocemente. Doutor Fernando ostentava diplomas na parede do consultório e se mostrava preocupado com a saúde da Mulher.

— Quero que você faça 4 exames de cortisol: um será coletado no sangue; outros 3, na saliva; as amostras deverão ser colhidas às 8h, 16h e 23h.

Lucy não sabia o que era cortisol, mas sofria de insônia crônica e passava o dia cansada, trabalhando numa cozinha quente cheia de suor e vapores.

— Provavelmente você está com falta de vitaminas, já que não se alimenta corretamente e exercita-se pouco. Vou pedir para manipular complexos vitamínicos e melatonina.

Enquanto Doutor Fernando imprimia a papelada, Eulália soltou:

— Que fotos lindas nos porta-retratos. Sua família?

— Ah, sim! Minha esposa e meus dois filhos.

Cutuquei os pés de Eulália embaixo da mesa. Num déjà-vu, vislumbrei a cena da minha consulta com o fisioterapeuta, aquela em que compareci com a Cátia e movimentei os objetos na sala do médico. Tive medo de começar a derrubar os porta-retratos e diplomas das paredes e por isso comecei a rezar baixinho, respirando fundo para não despertar meus dons.

Eulália continuou:

— Que bênção! Quantos anos têm seus filhos?

— O Bruno tem 16 e a Bianca vai fazer 14 no próximo mês. São lindos, não são?

Ele sorriu expondo a arcada cintilante. Os dentes, clareados ao limite da brancura, ofuscaram minha visão. Cheio de orgulho, pegou o porta-retrato na estante e entregou nas mãos de Eulália.

Minha irmã fingiu admiração e me mostrou a foto, en-can-ta-da.

— Olha, Alma! Que família linnnnnda!!!!! Foto de capa de revista! Parabéns, Doutor Fernando, são realmente ma-ra-vi-lho-sos!!!!

Minha raiva crescia enquanto eu forjava um sorriso simpático e pisava no pé de minha irmã. Não tínhamos combinado nada e eu não sabia o que ela pretendia com essa conversa fiada.

— Você estudou na Cidade Miúda, doutor? Estou vendo o diploma de graduação ali atrás, meu pai também estudou lá, nos anos 70.

— Sim, me formei lá. Que mundo pequeno! Então vocês são de lá também?

— Nós somos, **e eu trabalho para a polícia** — Eulália disse e encarou-o, sorrindo levemente. Doutor Fernando sorriu de volta, sem entender nada, e recolocou o porta-retrato no lugar. Entregou a papelada dos exames para minha irmã e orientou que retornasse em um mês.

— O retorno está incluído no valor da consulta, eu aguardo você — apertou nossas mãos e se despediu agradecido.

Lá fora, me exaltei com Eulália:

— O que foi aquilo, *"eu trabalho para a polícia"*? Você ficou louca?

— Ah minha irmã, eu não aguentei!!!! Fiquei vendo aquela foto de família Doriana, me deu vontade de cuspir na cara dele! Que nojo, que nojo, que nojoooooo! Hipócrita, demagogo, fingido, criminoso!!!! Esse homem precisa ser desmascarado, Alma! Nem que seja a portas fechadas, só nós duas e ele, mas ele precisa saber o que fez! Você viu as unhas dele? Ele usa base! B-A-S-E!!!! Enquanto isso a Lucy tá lá, com os dedos em carne viva de tanto desossar frango e cortar músculo. Não aguentei o papinho dele, vamos tratar seu intestino com ozônio, blá-blá-blá... a terapia com ozônio paga aqueles sapatos italianos dele enquanto a filha dele é abandonada na porta de uma faculdade! Vontade de enfiar esse ozônio no cú dele! Ah, você me desculpe, Alma, mas o sangue ferveu!!!!

Demos risada e abracei Eulália.

Ver minha irmã tão espontânea, exteriorizando sua raiva, era novidade para mim. Eulália sempre foi tão equilibrada, reprimida e recatada; nunca falou um palavrão, nunca expôs sua fúria... e, no entanto, naquele momento ela explodia em minha defesa e em defesa de Lucy.

Abracei-a comovida e agradeci por tê-la em minha vida.

Na saída, marcamos retorno para o próximo mês.

Cap 46

EULÁLIA

Alguns segredos são secretos até para nós mesmos.

Quando nos habituamos a viver na superfície, sem questionar quem somos e o que desejamos, podemos nos assombrar ao encarar pela primeira vez nossa face mais destemida, ousada, agressiva, doce, voraz ou apaixonada.

— *Eu sei que você está sentindo isso também, me diz que não estou ficando louco.*

As palavras de Neto, ditas dentro do elevador na última noite de Congresso, permaneceram comigo quando retornei à Cidade Miúda.

Ele não estava ficando louco,

mas eu estava.

Me lembrei da frase na tattoo:

"De que adianta ao homem conquistar o mundo inteiro se perder a sua alma".

Durante anos tentei interpretar essa frase e agora eu a compreendia de uma forma totalmente nova.

A maior traição é aquela em que traímos a nós mesmos somente pelo desejo de agradar. De que adianta ganhar o mundo inteiro se eu traio a mim mesma?

Eu queria esquecer, passar uma borracha nos acontecimentos, retomar o equilíbrio da minha vida. Porém, quanto mais eu fugia, mais a obsessão me alcançava. Me sentia como um corpo que é afundado à força numa piscina por alguns segundos. Quando a força cessa, o corpo emerge à superfície com fúria, voracidade e velocidade, buscando o ar. Quanto mais eu tentava reprimir meus pensamentos e sentimentos, mais eles me açoitavam, desejando ser ouvidos, buscando matar a própria sede.

Neto tinha provocado uma desordem em mim, mas eu não o culpava. Ao contrário, era grata pela oportunidade de me ouvir, me enxergar e não me abandonar.

Mesmo que tudo estivesse bagunçado em meu interior, era uma chance de evoluir, virar a chave e crescer.

Eu não queria ser infiel a Patrick. Meus pensamentos eram infiéis, mas eu não permitiria a concretização dos meus desejos.

Neto, porém, parecia não pensar assim.

Me mandava mensagens diariamente, insistentemente, várias vezes ao dia. Meu coração vibrava quando o celular anunciava uma notificação e sentia uma energia nova percorrer meu corpo quando visualizava seu nome na tela do meu telefone.

Parava tudo que estivesse fazendo para ler e responder suas mensagens e fazia um esforço sobre humano para manter o autocontrole. Mantinha-o a uma distância segura e jurava a mim mesma que não passaria disso, umas mensagens sem importância que me faziam bem, me deixavam feliz e me tornavam uma pessoa melhor para Patrick.

Quando Neto demorava para responder ou permanecia algumas horas distante, eu me sentia mal, ficava mal-humorada e tratava as pessoas ao meu redor com impaciência. Quando, porém, Neto me mandava uma ou várias mensagens, imediatamente me tornava mais animada e feliz, sentindo ternura e até mesmo atração por Patrick. Fazia amor com meu marido pensando em Neto; fantasiava e me espantava com a intensidade do meu gozo. O prazer começa no pensamento, agora eu entendia.

Patrick estava sendo beneficiado com minha paixão e isso aliviava minha culpa. Eu não ia ceder ao meu desejo, estava certa disso. Quanto a ter um segredo, qual o problema disso? Quem não os tinha?

No início do nosso casamento, uma noite fui surpreendida com Patrick balbuciando o nome de uma mulher enquanto dormia. Ele repetia "Luiza, Luiza..." e quando acordou estava tendo palpitações, coração acelerado, suor por todo o corpo. Perguntei quem era Luiza e ele respondeu que não sabia, era apenas um sonho, mas nunca me esqueci disso. Se ele podia sonhar com a tal da Luiza, eu também podia ter meus segredos.

Durante uma semana consegui manter Neto longe. Porém, uma tarde ele apareceu no laboratório do Departamento de Homicídios onde eu trabalhava.

Fazia calor, eu estava com os cabelos presos num coque alto e usava um vestido comportado, com mangas até o cotovelo e comprimento mídi. Se soubesse que ele iria aparecer teria caprichado na maquiagem, soltado meu cabelo loiro, retocado as luzes na raiz. Fui pega de surpresa e as palavras se ausentaram de minha boca. Me comportei como uma adolescente, rindo à toa e incapaz de articular uma frase inteira sem parecer inocente ou tola. Ele me deu um abraço demorado e seu cheiro me pareceu familiar, tentador e afrodisíaco. Quis morar naquele abraço, fazer amor com aquele perfume, me entregar àquele homem. Ele tentou me beijar e fechei meus lábios com força. Ainda assim, Neto beijou minha boca selada, meu pescoço nu, meus ombros cobertos. A contragosto me desvencilhei de seus braços e me sentei em minha cadeira, exausta e ofegante. "Neto, eu sou casada. Não posso ter um caso com você, me entregar ao que estou sentindo". "Por que não? Você gosta de mim, eu amo você. Não é errado quando existe amor". "Como você pode afirmar que é amor, Neto? Você nem me conhece, não conviveu comigo, não sabe dos meus defeitos e manias..." "Eu só sei que o que estou sentindo é muito forte, nunca senti nada parecido por ninguém". "Eu também sinto algo muito forte, Neto; mas não posso trair meu marido, não é assim que as coisas funcionam". "Se você ao menos tentasse, não criasse tanta resistência... eu sinto que você gosta de mim também, não é todo dia que a gente sente algo assim". "Sim... já pensei nisso um milhão de vezes, nunca senti algo parecido por ninguém, não sabia o que era sentir desejo, paixão, até conhecer você. E a sincronicidade que permeia nosso encontro é algo surreal..." "Viu, Eulália? Não sou eu quem está dizendo. Você percebe também que isso é raro, acontece uma vez na vida, não é possível que a gente não possa viver isso!"

Embora concordasse com Neto e percebesse meus sentidos aguçados de uma forma totalmente nova, consegui manter o autocontrole e não sucumbir ao meu desejo. Perto de Neto me sentia VIVA, de um jeito que nunca havia experimentado. E isso mexia com toda minha estrutura, bagunçava meus pensamentos e desestabilizava minhas emoções. Eu precisava ir para casa, abraçar Patrick e recuperar minha ordem interna. Não podia ceder, não podia me entregar ao que estava sentindo.

Mesmo tendo comunicado à minha mãe que pensava em me separar de Patrick, aquilo tinha sido muito mais um ato rebelde que uma decisão tomada de cabeça fria. No fundo, não pensava em me separar; Patrick era um bom marido e eu prezava nossa família.

Além disso, por mais que Neto parecesse estar tão envolvido quanto eu, era homem, divorciado, experiente.

Eu podia ser só mais uma para ele;

enquanto ele, para mim,

era uma experiência única.

Cap 47

Pedi que Neto não me procurasse mais.

Ia recobrar meus sentidos, colocar minha cabeça no lugar, passar um tempo agarrada aos meus filhos e a Patrick.

O efeito, porém, foi devastador.

Fui acometida por uma tristeza tão grande que não conseguia comer nem trabalhar. Só queria ficar deitada, chorando. Me sentia doente, fraca, incapaz de achar graça nas coisas. Estava completamente deprimida e voltei a arrancar fios do meu cabelo, usando-os como garrote no meu dedo.

Pensava em Neto e questionava minha vida inteira.

Será que tudo o que é proibido é ruim? É prejudicial?
Ou há regras que são impostas
somente para trazer certa ordem ao mundo,
mas não fazem sentido algum?
Será que tornamos proibidas as coisas com as quais não sabemos lidar?
Obedecemos às regras porque é mais fácil obedecer que questionar?
Será que existe o certo e o errado ou
deveríamos olhar para o todo
e entender
que
são muitas camadas?

Comecei a rejeitar meu marido.

Sem Neto, minha convivência com Patrick ficou insuportável.

Eu me sentia dissociada de mim mesma e da nossa relação.

A mulher que eu havia sido nos nossos 20 anos de casados

não existia mais.

Não me sentia à vontade sob seu olhar e,

quando ele me tocava,

um arrepio ruim percorria meu corpo.

Eu me

encolhia inteira,

repelindo-o.

A voz de Patrick me irritava; as manias, que antes eu não ligava, agora me perturbavam; o cheiro me parecia ruim; as feições, principalmente o nariz, me pareciam grosseiras demais. Qualquer opinião que ele expressasse sobre qualquer assunto virava um debate entre nós, eu não concordava com nada que ele dizia e comecei a considerá-lo pouco inteligente.

Era insuportável viver assim.

Patrick não merecia, eu não merecia.

Se eu voltasse a falar com Neto, talvez meu casamento melhorasse, pensei.

Foi assim que
rompi meu silêncio

e procurei Neto.

Cap 48

ALMA

  Depois da consulta com Doutor Fernando, fiquei obcecada em pesquisar seu perfil nas redes sociais. No Instagram, descobri que era apreciador de obras de arte, gostava de praticar *beach tennis* e morria de orgulho da família.

  Enquanto aguardava o retorno da consulta de Eulália na Clínica Ferraz, levei Lucy ao dentista, pedi uma série de exames para checar sua saúde, marquei psicólogo, pesquisei apartamentos no meu bairro. Desejava cuidar de minha mãe biológica, dar-lhe um novo teto, melhorar sua qualidade de vida.

  Com Eulália, planejei ações para desmascarar Doutor Fernando.

  Durante a noite, na cama, eu pensava no quanto somos sozinhos. Todos nós. No quanto a solidão está presente na vida de toda e qualquer pessoa, mesmo que essa pessoa tenha uma boa família, amigos, pais amorosos, um parceiro(a), filhos.

  Pensava no quanto meu abandono — eu, um bebê recém-nascido deixado na porta de uma instituição — não era maior que o abandono de muitas outras pessoas, nascidas em maternidades e amamentadas até o segundo ano de vida.

  Pensava em Lucy e na dor que aquela menina de 13 anos enfrentou ao se perceber grávida de um estuprador. Dando à luz aos 14 anos com medo de ser descoberta e condenada pela violência praticada *contra* ela. Sozinha com sua barriga, angustiada com o rumo de sua vida.

A violência não se deu somente no ato, no estupro trágico e covarde. A violência se deu igualmente no golpe duro e afiado contra a integridade psicológica da menor pobre, vulnerável e sem condições de se defender. Na aflição que a condenou a um silêncio cruel, injustamente carregado de acusações.

O mundo não para quando uma tragédia dessas acontece. As horas não congelam quando alguém sofre um acidente, é assaltado no ônibus ou é abandonado no altar. A gente tem que se recompor e voltar a viver, do jeito que é possível. Mas há um certo alívio quando a justiça é feita.

Quando, de alguma forma, encontramos algum propósito para continuar vivendo.

Lucy se iluminou quando contei a ela que tínhamos encontrado Fernando e que ele não ficaria impune. O semblante dela se expandiu, acho que voltou a respirar.

O que me impressionava em Lucy é que ela nunca se colocava numa postura de vítima, do tipo que indaga "por que comigo?". Ela parecia aceitar o fato de que as coisas eram como eram, e que não havia nada a fazer a esse respeito. Sua resignação beirava a apatia e eu questionava o quanto o trauma tinha afetado sua saúde mental.

No fundo, acho que ela sempre soube que não há
curativo que amenize a violência.

Cap 49

ALMA

Fui uma garota que causava estranhamento.
Usava uma armadura de indiferença para fingir que não percebia os cochichos e olhares,
as risadinhas e o medo.
Era conhecida como "Carrie, a estranha"
e tive poucos amigos.
Sentia que não me encaixava no mundo,
como se eu fosse uma peça de quebra-cabeça avulsa, incapaz de completar qualquer quadro.

Quando entrei na faculdade, as coisas realmente melhoraram e encontrei meu lugar.

Mas ainda hoje, quando cruzo com algum colega dos tempos do colégio — na fila do pão, na igreja ou em alguma sala de espera — volto a me comportar como a garota que se sentia inadequada e lutava para não se abater frente à maldade alheia.

A felicidade arrogante do Doutor Fernando trouxe de volta esse sentimento ruim de inadequação e inferioridade.

Preferi não comparecer à consulta de retorno com Eulália.

Foi a melhor coisa que fiz.

Cap 50

ALMA

Eulália desenvolvia um trabalho em conjunto com a equipe da Força Nacional de Segurança, ajudando na identificação de corpos considerados indigentes. Estava completamente envolvida no processo, cujo andamento ajudava a diminuir a taxa de cadáveres não identificados e que a família não tinha ciência.

Assim, para desmascarar Doutor Fernando, arquitetou um plano e pediu auxílio de um amigo da Polícia Civil que participava do mutirão de identificação dos corpos. Ricardo era um policial experiente e compareceria à consulta fingindo ser seu marido. Dentro do consultório, a portas fechadas, se identificaria como policial e faria um teatro, dando voz de prisão a Doutor Fernando pelo crime de estupro.

O crime já havia prescrito, por isso seria só uma encenação. Mas, de qualquer forma, Doutor Fernando saberia que seu segredo não estava tão bem guardado, e que sua ação leviana e criminosa, ocorrida há 34 anos, tinha gerado consequências devastadoras — além de uma filha abandonada na porta da faculdade de Medicina onde ele estudou.

Cap 51

EULÁLIA

Compareci à consulta de retorno de mãos dadas com Ricardo, policial civil que trabalhava comigo. Ele levava algemas no bolso e eu estava nervosa.

Doutor Fernando nos recebeu na porta do consultório, apertou nossas mãos e nos encaminhou para as poltronas de couro que ornamentavam a imensa mesa de trabalho.

Pediu para ver os resultados de meus exames e, antes que eu encenasse a retirada dos papéis de minha bolsa, Ricardo — desempenhando o papel do personagem que havia ensaiado — deu voz de prisão ao médico.

"Você está preso pelo crime de estupro cometido contra a menor Lucy dos Santos, lavadeira, em 1984. Você tem o direito de permanecer calado, tudo o que disser poderá ser usado contra você num tribunal".

Sacou as algemas do bolso e ameaçou se aproximar do meliante.

Doutor Fernando, assustado, ficou de pé e levantou os braços. Teve o ímpeto de gritar, mas foi contido pelo meu sinal de silêncio — ele não correria o risco de se expor.

Sabíamos que o que estávamos fazendo era errado, podíamos ser acusados e processados por assédio; porém, também tínhamos certeza de que Doutor Fernando não daria queixa. A exposição acabaria com sua reputação e carreira.

Ordenei que voltasse a se sentar e despejei a acusação sobre ele. Mostrei uma foto de Lucy ainda menina e perguntei se tinha alguma lembrança dela.

Negou, negou, voltou a negar. Busquei refrescar sua memória narrando em tom firme os acontecimentos daquela tarde: a cachorrinha Lola, a sedução, o estupro no quintal. Continuou negando e então ameacei procurar testemunhas: colegas de república daquela época, vizinhos, ex-namoradas. Foi ficando quieto, tenso, oprimido. Ricardo deu um soco na mesa e berrou: Ela tinha 13 anos, cara! Treze anos!!!! Meu coração palpitou, segurei a mão de Ricardo e pedi que se acalmasse. Voltei a falar em tom rígido explicando quem eu era. "Encontrei sua filha, uma bebê recém-nascida, na porta da faculdade de Medicina, você sabia? Ela foi abandonada, A-BAN-DO--NA-DA!!!!!! Se não fosse por mim e pelos meus pais, sua filha estaria morta ou perdida na imensidão do mundo! Lucy deu à luz aos 14 anos, sozinha, no chão de uma casa humilde onde morava com a mãe e a avó. Você tem ideia de como essa menina sobreviveu? Escondendo a gravidez por 9 meses porque se sentia culpada!!!!! CUL-PA-DA!!!! Logo ela, que era a vítima!!!! Você acabou com a infância dessa menina, traumatizou-a a ponto de nunca mais querer saber de homem algum, acabou com a vida de uma mulher inocente que poderia ter sido feliz!!!! Aquela moça bem-cuidada que esteve aqui na primeira consulta comigo é **sua filha**! Tão sua filha quanto aqueles dois adolescentes sorridentes no porta-retrato. Erga as mãos para o céu por Alma ter recebido amparo e cuidado, por ter se tornado uma pessoa de bem, por ter estudado e ser médica como você. Erga as mãos para o céu por você ter seus dentes clareados, seu terninho bem cortado, suas unhas tratadas na manicure! Lucy, a menina que você estuprou, parou de estudar na oitava série, não tem bons dentes e enfrentou um câncer de mama há alguns anos. Mora na periferia e trabalha numa cozinha quente. Você destruiu uma vida e, por muito pouco, não destruiu duas! Como pode dormir em paz? Como pode jogar seu beach tennis tranquilo, sabendo que cometeu esse ato vergonhoso e criminoso? Como pode posar de excelente profissional no LinkedIn sabendo que agiu como um monstro no passado? Como pode encenar o "marido perfeito" no Instagram quando é um estuprador? Você não será preso, pois o crime já prescreveu, mas saiba que Deus fará justiça por Lucy e por Alma, tenha certeza disso!!!"

Não sei de onde tirei tanta coragem para falar com tamanha firmeza e propriedade. Apesar de trabalhar em um distrito policial, nunca havia enfrentado situação parecida. Mas, naquele momento, uma força nova me atravessou e tive orgulho de mim.

Algumas situações, por mais difíceis e desafiadoras que sejam, podem ser o gatilho para nosso amadurecimento.

Doutor Fernando se manteve calado durante todo meu discurso e quando Ricardo e eu nos levantamos para ir embora, disse apenas:

— *Será que sua irmã Alma aceitaria conversar comigo algum dia?*

Cap 52

EULÁLIA

Eu sabia que não era um modelo de beleza, mas também não era feia. Tinha os seios volumosos, a cintura fina e os quadris largos. Era considerada um "mulherão", mas me escondia atrás das golas altas, dos vestidos soltos e das calças de alfaiataria — que me conferiam um ar sofisticado e elegante, mas também disfarçavam minhas curvas. Meu cabelo era loiro e liso, na altura dos ombros, e eu o mantinha preso num coque ou rabo de cavalo. Tinha 1,72 m de altura e, com saltos, ficava ainda mais alta. Minha timidez não permitia que eu chamasse atenção e por isso preferia sapatilhas ou sandálias baixas.

Por muito tempo não dei tanta atenção ao espelho. Desde que mamãe não criticasse meus trajes, estava perfeito. Ademais, comprava minhas roupas pensando na aprovação dela. Decotes, nem pensar. Roupas justas ou curtas demais, sinônimos de vulgaridade. Estampas, só se realçassem a feminilidade.

Cresci sem conhecer meus gostos, sem me dar conta do que tinha vontade de vestir, do que desejava realçar ou disfarçar. Tinha atravessado a adolescência e juventude sem me importar com a aparência, muito menos com a sedução. Me parecia um contrassenso ter que me enfeitar para atrair alguém; não me sentia à vontade sob holofotes, muito menos sob a mira de um homem.

Aos 45, porém, eu queria estar bonita para Neto. Uma vaidade nova, totalmente desconhecida, me atravessou. Uma insegurança inédita, igualmente inexplorada, também me atingiu. Fiquei angustiada tentando encontrar uma roupa adequada para vestir e ir ao encontro dele.

Precisei ir às compras, pois nenhuma roupa em meu guarda-roupa estava à altura daquele encontro. Não queria visitar as lojas de sempre, as vendedoras conheciam minha mãe e certamente me empurrariam um terninho de linho bem cortado, uma blusa de seda com laço no pescoço ou uma saia lápis discreta.

Estava farta de minimalismo, pregas ou cortes retos. Desejava decotes, fendas, recortes. Não almejava sapatilhas nem scarpins, mas sandálias altas, de salto fino.

Depois de encontrar o que precisava, soltei os cabelos, fiz uma bela escova e caprichei nos acessórios. Me senti bonita e confortável.

Meia hora depois, toquei a campainha da Casa
Funerária Novo Amanhecer.

"*Quantos seres sou eu para buscar sempre do outro ser que me habita as realidades das contradições? Quantas alegrias e dores meu corpo se abrindo como uma gigantesca couve-flor ofereceu ao outro ser que está secreto dentro do meu eu? Dentro da minha barriga mora um pássaro, dentro do meu peito, um leão. Este passeia pra lá e pra cá incessantemente. A ave grasna, esperneia e é sacrificada. O ovo continua a envolvê-la, como mortalha, mas já é o começo do outro pássaro que nasce imediatamente após a morte. Nem chega a haver intervalo. É o festim da vida e da morte entrelaçados.*"

(LYGIA CLARK)

Cap 53

EULÁLIA

De quantas camadas somos feitos?
Quantos seres nos habitam?
Bem e mal
                                    certo e errado
                                    feio e bonito.
Nunca seremos uma coisa *ou* outra
Abrigamos ambivalências
                                    contradições
                                    dualidades.
Não há perfeição.
                                    Somos tudo
                                    somos nada.
Medo e desejo
silêncio e som.
                                    mel e fel
                                    lobo e cordeiro.
Somos bombeiros e incendiários.
peões e reis no tabuleiro de xadrez.
Carregamos
                                    desejos e proteções

liberdade e limitações.

Céu e inferno circulam em nosso sangue

placidez e fúria coexistem em nosso espírito

amor e ódio atravessam nosso corpo.

Somos TUDO

somos nada.

Nem sempre afloramos aquilo que realmente somos.

Afloramos o que desejamos, o que as circunstâncias

determinam; igualmente somos vistos como projeções daquilo

que desejam ver. O engraçado é que às vezes acreditamos nos

papéis que representamos.

Usei meu livre-arbítrio para procurar Neto.

Estava consciente de minha decisão, lúcida o bastante para saber onde estava pisando e com discernimento acerca das possíveis consequências. Dizer que estava tranquila e confortável era mentira. Não me orgulhava de minhas ações, mas negociava com minha consciência repetindo a mim mesma que eu merecia ser feliz e que nem sempre as coisas acontecem como a gente gostaria. Também pensava acerca da culpa. De como somos capazes de nos punir, boicotando a própria felicidade em nome dessa culpa.

Quando nos acostumamos a buscar a perfeição e ficamos viciados em não desagradar ninguém, acabamos colocando coisas demais embaixo do tapete. Um dia o tapete fica tão cheio que não é capaz de esconder toda a poeira, como uma represa cuja barragem é rompida. Aquilo que ficou reprimido por tanto tempo emerge com força e o estrago pode ser devastador.

Estava farta de representar. Durante toda a minha vida acreditei que era feio sentir raiva. Eu a sentia e me culpava por isso. Também aprendi que era errado ficar triste. Eu me entristecia e fingia estar feliz. Acreditei em um monte de coisas que hoje não fazem sentido algum, e que só serviram para anular minha identidade. Quantas vezes sorri sem ter vontade, disse "sim" querendo dizer "não", fingi estar bem quando não estava. "Sentir raiva é normal e benéfico. Quem reprime a raiva, adoece" — Tinha ouvido isso de minha psicóloga e fazia todo sentido. Cresci sentindo raiva porque não era ouvida, não era aceita em minha singularidade, não tinha espaço para argumentar ou impor limites. Fui ensinada a calar minha indignação, meu constrangimento, minha recusa, minha voz.

Procurar Neto não tinha a ver com Patrick, com o fato dele ser um bom marido ou não. Procurar Neto tinha a ver com questões exclusivamente minhas, com o fato de que eu precisava saber quem eu era e qual a minha verdadeira voz.

Cap 54

Neto atendeu a campainha. Parecia abatido, mas, quando me viu, seu rosto iluminou.

Nos abraçamos por um longo tempo e ele me convidou para entrar. A funerária era o lar de seus pais; Neto morava num apartamento no centro.

Me levou ao escritório, trancou a porta, me abraçou novamente e me beijou. Me deixei ser beijada por ele e correspondi. Há mais de 20 anos eu só beijava Patrick, e aquilo me assustou. Me desvencilhei de seu beijo e tentei recuperar a lucidez. Neto, porém, me tomou novamente em seus braços e numa dança coreografada me conduziu até a parede. Levantou meus braços e beijou meu pescoço e ombros nus. Perdi a consciência do tempo e espaço. Neto sussurrou em minha boca: "vou te amar como nunca amei ninguém antes" e senti meu corpo responder com um desejo que até então eu desconhecia. Fiquei fraca, incapaz de raciocinar. A intensidade com que nossos corpos se reconheceram e tomaram para si o outro corpo me trouxe a noção do que era prazer, fazer amor, pertencer a alguém. Neto me conduziu ao sofá e rapidamente tirou os sapatos e a calça jeans. Pela primeira vi a perna amputada e a prótese. Eu o beijei, o toquei, e permiti que ele se dedicasse ao meu corpo. Explodi de deleite e arqueei meu tronco num gozo intenso. Fizemos amor nos misturando em desespero febril. Depois desaceleramos e deixamos o prazer ser conduzido num ritmo mais lento, carregado de promessas. Eu me sentia presa num delírio, desejando explodir novamente enquanto segurava meu êxtase para prolongar a satisfação. Neto murmurou em meu ouvido "eu te amo, eu te amo" e as palavras dele me levaram ao limite da excitação. Não consegui mais me segurar e gozei pela segunda vez com ele dentro de mim. Abafei meu grito numa almofada e em seguida ele chegou ao clímax também. Nos abraçamos, exaustos, e eu disse que o amava. Ficamos deitados, minha cabeça no peito dele, seu coração acelerado.

— Jure que não vai me abandonar — Neto disse.

— Eu juro — respondi.

— Prometa que vai manter contato.

— Eu prometo.

— E que vamos ficar definitivamente juntos.

— Vamos, sim.

Cap 55

EULÁLIA – 6 MESES DEPOIS

No andar de baixo, a faxineira lavava as louças cantando. Teria que inventar uma desculpa, dar uns trocados para ela comprar alguma coisa na padaria; sairia discretamente com a mala. Não queria expor a família, Patrick não merecia, evitaria a todo custo fofocas pelo bairro.

Embalava as sandálias e chorava. Seria tarde demais para começar a me sentir viva, dona de mim? Eu amava aquela sandália. Prata, salto fino, tiras longas que subiam pelos tornozelos e conferiam um ar sexy, ousado. Durante muito tempo só usei sapatilhas, no máximo um scarpin acamurçado. Como pode uma pessoa aceitar tão pacificamente a própria existência, sem questionar as escolhas, sem perder o equilíbrio, conformada com tudo o que é posto no caminho? Por que me adaptei, por que me moldei ao que era esperado de mim? Iria deixar todas as sapatilhas, que calçado horrível, *confortável*. Queria culpar minha mãe, culpar Patrick, mas sabia que a culpa era só minha. Busquei o conforto, me conformei. As palavras de Neto se repetiam em minha mente: *"agora é sua vez de lutar por mim..."* Mas o que seria isso, meu Deus? O que significava lutar por alguém nessa altura da vida? Lutar, arriscar minha família, colocar a perder o casamento de 21 anos, os filhos não aceitariam, o que seria de mim se jogasse tudo para o alto e não desse certo? Patrick me aceitaria de volta? E como eu olharia para as crianças depois que a torre ruísse?

Quando vi a sandália na vitrine, percebi que a desejava. Sem perguntar o preço, comprei. Agora embalava a peça com cuidado, não podia correr o risco de amassar o calçado. Estava com medo de ficar paralisada. Não sabia ser livre. Nunca ousei contestar, discordar, romper. A vendedora tinha dito: *"seus pés são lindos, a sandália valorizou sua feminilidade"*. Eu não podia discordar, era realmente um assombro. No quarto de casal, a mala aberta sobre a King Size, tudo se assemelhava a um sonho, não parecia estar acontecendo, uma sensação de déjà-vu. *Você é tão jovem e bonita, deixe para usar sapatilhas quando os pés estiverem cansados...* Será que havia alguma explicação? Aquilo que estava acontecendo já havia acontecido em alguma outra dimensão? Então tudo já estava escrito, e essa coisa de destino tinha mais força que o livre-arbítrio? Coloquei papel amassado moldando o peito da sandália para não deformar. As tiras se estendiam da parte frontal do calçado, passando pelos dedos e subindo em direção ao tornozelo. *"Muito sexy"*, Neto havia dito. Cruzavam-se em zigue-zague, apertando um pouco a saliência das panturrilhas, encerrando o trajeto num laço bem-feito. A coragem e a covardia dançavam em meu peito e eu recusava a dar chances para a desistência. Você não vai desistir, você não vai desistir...

Já havia desistido demais. E feito muitas concessões, para que todos ficassem bem. Levaria o scarpin preto, deixaria o nude. Será que não sentiria falta das sapatilhas? Agora os filhos estavam crescidos, cada um em uma cidade, independentes, vivendo suas vidas, suas histórias, longe do ninho. Havia Patrick, o namorado de toda a vida, a quem aprendi a amar e admirar, e que não me dava motivos para fazer o que eu ia fazer. Patrick era amável, paciente, companheiro e cúmplice. Um bom marido, ótimo pai, um grande homem. Levaria dois pares de sapatilhas, usaria para ir à padaria, ficar em casa, qualquer emergência. Não realçavam minha feminilidade, mas eram aconchegantes. Como podia desistir de Patrick? Ele me tranquilizava, apaziguava, cuidava, protegia. Talvez fosse isto: não desejava mais ser protegida. Não queria mais ser amparada como uma menina indefesa que precisa de um guardião. Preciso voltar à loja e comprar outra sandália de tiras, a preta deve ser linda também, vai ficar deslumbrante com o vestido justo. Talvez eu faça uma tattoo próxima ao calcanhar, sempre foi um sonho, depois de algum tempo achei que estava velha demais para isso.

Voltaria à noite para dar a notícia a Patrick. Ele teria chegado do trabalho, estaria tomando um cálice de cabernet, conversaríamos em voz baixa. Sabia que iria magoá-lo e isso era o mais difícil. Será que a loja vendeu todas as sandálias? Será que vou encontrar meu número? Acostumei-me a fazer pactos com todos, mesmo que isso significasse romper comigo mesma e agora teria que ser forte para me colocar em primeiro lugar. Tive vontade de recuar, dizer que tudo havia sido um engano, um delírio, que precisava voltar para baixo do edredom e retomar a série na Netflix. Seria tão mais fácil... Porém, agora eu não queria o que era fácil.

Levaria poucas roupas, mais tarde buscaria o resto. Patrick gostava do vestido azul, deixaria no closet como recordação, o perfume preferido ainda estava no tecido. Vinte e um anos apertavam meu tórax, dificultavam a ventilação. Me agarrei às palavras de Alma: *"Você precisa se decidir, já passou tempo demais..."*, tempo, tempo, sempre o tempo, cobrando decisões, dando ultimatos, forçando atitudes. Sempre fui decidida, mas acomodei-me em desejar pouco. O que decidia, fazia. Mas só decidia fazer o que não desagradasse a ninguém.

Dessa vez, seria diferente.

Eu estava cansada de representar.

Cap 56

ALMA

Não há cura para o abandono
assim como não há cura para a vida.
Mas a gente pode abraçar a nossa criança interior ferida
e dar um lar para ela.
A gente pode chegar no ouvido da criança que fomos e dizer:
"Isso vai passar".
É possível renegociar com a vida e rever os traumas de uma forma mais consciente e madura, abrindo as janelas de nosso porão para que a luz entre e o ar ventile.
Encaminhei Lucy para a terapia e comecei a fazer análise também.
Algumas vezes percebo que ainda vejo o mundo através dos olhos da criança "estranha" que fui; ou me pego experimentando sensações de medo e abandono que não são reais.
Nesses momentos repito para mim mesma:
*"Você está segura agora.
Nós estamos seguras agora."*
e então,
volto a respirar.

FIM

Epílogo:

Doutor Fernando procurou Alma e mostrou-se disposto a uma reparação. Alma pediu que ele assumisse uma pensão vitalícia para Lucy, e ele aceitou.

Alma e Rodrigo se casaram no civil, causando desgosto em Dona Maria das Dores. Seis meses depois, casaram-se também na igreja, e Dona Maria das Dores pagou uma promessa que fez para Santa Adelaide de Borgonha.

Em 2021, durante a pandemia do coronavírus, Alma deu à luz uma menina, e batizou-a com o nome Lucy.

Eulália se separou de Patrick e, 6 meses depois, assumiu seu relacionamento com Neto. Dona Maria das Dores achou que a filha estava passando por uma crise de meia-idade, menopausa, tentação espiritual. Eulália tentou explicar, argumentar, mas Dona Maria das Dores preferiu não ouvir. Intensificou suas orações e fez promessas que pretendia cumprir assim que a filha recobrasse o juízo.

A relação de Eulália e Neto durou 10 anos.

Eulália entendeu que Neto tinha sido importante em seu amadurecimento, mas a importância dele tinha sido como a de um instrumento facilitador da transformação que ela precisava viver em sua vida.

Eulália seria sempre grata a Neto e não se arrependeria nem um segundo de tudo o que viveu ao lado dele. Porém, o mais importante é que ela tinha amadurecido e encontrado sua identidade, sua voz.

Eulália e Patrick se dão bem, mantêm uma relação de amizade e cordialidade, principalmente em função dos filhos. Patrick se casou novamente e Eulália ficou feliz por ele.

Na perna de Eulália,
um poema em forma
de tatuagem
traz conforto e alívio
quando ela pensa
em se ferir.

Na pele,
antes mutilada pelo alicate,
hoje se lê:

"Isso também vai passar..."

Agradecimentos

Agradeço a Deus

Ao meu filho Bernardo

Ao meu marido Luiz

Aos meus pais, Jarbas e Claudete

Aos meus irmãos, Júnior e Léo

À minha avó Leopoldina

Aos meus sobrinhos e sobrinhas, Enzo, Laura, Júlia e minha afilhada Giovana

Aos meus tios, tias, primos, primas, cunhadas e sogro

Às minhas professoras de português e redação do Ensino Médio e Fundamental Aparecida Caldas e Aparecida Fernandes

Aos meus amigos

Aos parceiros do blog

Aos meus leitores e seguidores

Às pessoas que me inspiram diariamente com suas histórias e confidências

Aos editores Pedro Almeida e Carla Sacrato

À toda equipe da Faro Editorial

Ao escritor e mestre Marcelino Freire, por dar impulso ao meu voo através de apontamentos certeiros e gentis durante a Oficina literária que participei em 2023. Não fosse por você, essa história não teria ganhado contornos tão melodiosos. Muito obrigada!

Com amor,

Fabíola Simões

ASSINE NOSSA NEWSLETTER E RECEBA
INFORMAÇÕES DE TODOS OS LANÇAMENTOS

www.faroeditorial.com.br

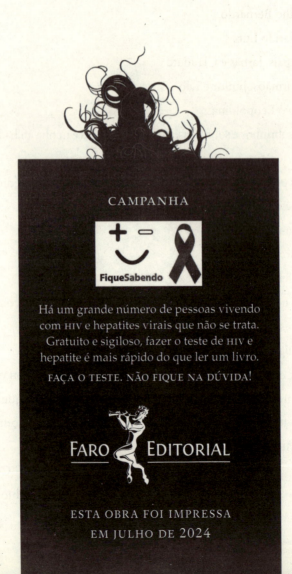